심청전

심청전

서해문집 청소년 고전문학 007

초판 1쇄 발행 2024년 1월 3일

풀어옮긴이	홍인숙
해 설	송동철
그린이	이로우
펴낸이	이영선
책임편집	이현정

편집	이일규 김선정 김문정 김종훈 이민재 김영아 이현정
디자인	김회량 위수연
독자본부	김일신 정혜영 김연수 김민수 박정래 손미경 김동욱

펴낸곳 서해문집 | 출판등록 1989년 3월 16일(제406-2005-000047호)

주소 경기도 파주시 광인사길 217(파주출판도시)

전화 (031)955-7470 | 팩스 (031)955-7469

홈페이지 www.booksea.co.kr | 이메일 shmj21@hanmail.net

ISBN 979-11-92988-40-5 43810

서해문집
청 소 년
고전문학

007

심청전

홍인숙 풀어옮김
송동철 해설
이로우 그림

서해문집

심청의 부모님은 딸을 지극히 사랑했습니다. 하지만 안타깝게 도 늘 그 곁을 지키며 보살펴 주지는 못했습니다. 어머니는 일찍 돌아가셨고 아버지는 앞을 못 보았기 때문입니다. 그래서 심청은 일찍 철이 듭니다. 젖동냥을 다니며 자기를 키워 준 아버지의 은혜 를 갚겠다며, 일고여덟 살 때부터 직접 밥을 얻으러 다니고 열두 살부터는 바느질로 돈을 법니다. 그런 심청의 효성이 소문이 나서 그를 수양딸로 삼고 싶어 하는 장 승상 댁 부인 같은 사람이 나타 날 정도였습니다.

그런데 어느 날 아버지 심 봉사가 부처님께 시주를 하면 눈을 뜰 수 있다는 말을 듣고는 덜컥 약속을 해버립니다. 무려 쌀 삼백 석을 시주하겠다고요. 심청은 결심합니다. '내 몸을 팔아서라도 마련해 드려야지.' 아버지를 위해 인당수 깊은 물에 뛰어들기로 하지요.

《심청전》은 유교 사회에서 자식이 부모를 모시는 도리에 대한 이야기를 담고 있습니다. 목숨을 바치는 극단적 희생을 감수하고서라도 기꺼이 따라야 할 도덕, 그것이 '효孝'였습니다. 심 봉사의 혼사 장면으로 끝나는 결말 또한 유교적 효가 드러난 대목입니다. 부인을 잃고 혼자 사시는 아버지를 위해 재혼 상대를 구해 드리는 일은 자식의 의무였던 것입니다.

지금의 관점에서는 좀 불편하게 느껴지기도 합니다. 인간답게 살기 위해 마련한 도덕이 절대적인 기준이 된 것 같으니까요.《심청전》은 이러한 조선 시대의 효 사상을 보여 주는 작품이라고 할 수도 있습니다. 그렇게 보면 심청을 은근히 희생으로 몰아간 심 봉사가 눈에 띕니다. 그 희생을 만류하고 가엾이 여기는 승상 부인과 심 봉사를 골탕 먹이는 뺑덕 어미라는 악인의 역할을 생각하게 됩니다.

《심청전》에는 의아한 점들이 많습니다. 그에 의문을 품고 읽으면 재미있는 독서가 될 것입니다. 예를 들자면 이런 질문들입니다. 심청은 왜 굳이 쌀 삼백 석을 주겠다는 승상 부인의 제안을 거절했을까요? 부처님과의 약속을 지켰는데 왜 심 봉사는 눈을 뜨지 못하고, 황후가 된 심청 또한 맹인 잔치를 열까요? 자기 몸을 판다는 엄청난 결정을 심청은 왜 그렇게도 급히 해버렸을까요? 태수에게 노잣돈을 얻어 내고, 방아 찧는 여인들에게 수작을 건네는 심 봉사를 앞에 나온 점잖은 심 봉사와 한 인물로 볼 수 있을까요?

하나의 작품에 서로 다른 성격의 내용들이 들어 있는 이유는 이 이야기가 다양한 방식으로 전승되었기 때문입니다. 《심청전》의 판본이 많고 계열이 여럿이라는 점이 그 증거지요. 《심청전》은 크게 필사본, 경판본, 완판본으로 나뉘고 그 안에서도 크고 작은 차이가 있습니다.

이 책에서는 경판 중 24장으로 된 한남서림본과 71장 분량의 완판 A본을 소개했습니다. 문장체 소설에 가까운 경판본은 주인공 심청의 이야기를 간결하고 명확하게 전달합니다. 판소리의 영향을 강하게 받은 완판본은 상황과 배경 묘사가 풍부하고 장 승상 부인, 어머니 곽 씨, 뺑덕 어미, 안 씨 여인 같은 여성 인물의 이야기가 풍성하다는 특징이 있습니다.

《심청전》을 읽다 보면 한없이 안쓰럽다가, 가슴이 철렁했다가, 또 마음이 뭉클해지는 장면을 많이 만나게 됩니다. 일곱 살 먹은 아이가 초라한 차림에 맨발로 아버지를 위해 구걸 다니는 장면이나, 뱃사람들과 떠나는 날 부녀가 서로 손을 놓지 못하고 걸음마다 엎어지며 이별하는 장면은 안쓰럽기 그지없습니다. 시퍼렇게 요동치는 인당수 물결 앞에서 뱃전에 선 심청이 자기도 모르게 주저앉는 장면이나, 치마를 뒤집어쓰고 "아버지, 나는 죽소!" 하며 뛰어내리는 장면에서는 함께 가슴이 철렁 내려앉지요. 맹인 잔치에서 다시 만난 부녀가 서로 살아 있음을 확인하고 흐느껴 우는 장면은 읽을 때마다 뭉클합니다.

《심청전》은 감동적이면서도 여러 가지 질문을 불러일으키는 특별한 작품입니다. 이 책을 통해 여러분도 《심청전》의 입체적인 매력을 느끼는 기회를 가져 보길 바랍니다.

홍인숙

경판 24장본

완판 71장본

정성 다해 얻은 귀한 딸

송나라 말년 황주 도화동에 한 사람이 있으되 성은 심이요, 이름은 학규라. 대대로 높은 벼슬을 한 이름난 가문이었으나 점점 가세가 기울더니 스무 살 전에는 눈까지 멀었다. 벼슬을 못하게 되고 멀리 시골에 떨어진 데다 눈도 안 보이니 귀한 대접을 받지 못했다. 그러나 양반의 후예로 행실이 청렴하고 지조가 있어 사람들에게 군자라며 칭찬을 받곤 했다.

그 아내 곽 씨 부인은 어질고 정숙해 주나라 문왕의 어머니 태임, 문왕의 아내 태사와 같은 덕이 있고 위나라 장공 부인처럼 자태가 고왔으며 효녀 목란처럼 의리가 있었다. 《예기》의 〈내칙〉* 편과 《주자가례》, 《시경》의 〈주남〉〈소남〉 편에서 모르는 시가 없고 마을 사람들과 화목하며 살림도 잘했다. 백이숙제같이 청렴하고

* 〈내칙〉 유교 경전 《예기》에서, 여자들이 따라야 하는 행실·예절·법도를 다룬 대목

공자의 제자 안연처럼 가난했다. 방 한 칸에 바가지 하나뿐이라 땅도 종도 없으니, 가련한 곽 씨 부인이 몸소 품을 팔아 삯바느질을 해야 했다.

관대, 도포, 소매 넓은 두루마기, 깃 곧은 겉옷이며 군복, 중치막과 남녀 의복 잔누비질, 상침질,* 외올로 뜬 망건과 탕건, 위아래 곧게 누비기, 옷 솔기 오리기, 빨래, 풀 먹이기, 표백하기, 여름 의복 한삼, 홑겹 바지, 망건 꾸미기, 갓끈 접기, 배자, 단추, 토시, 버선, 행전, 주머니, 쌈지, 대님, 허리띠, 약주머니, 복건, 겨울 모자, 얇은 이불, 갖은 이불, 베갯모에 쌍원앙 수놓기며, 신랑 혼례 모자, 사각 관대, 관복 가슴에 학 수놓기와 초상난 집 원삼 제복, 길쌈, 선주, 궁초, 공단, 수주, 남릉, 갑사, 구름무늬 토주, 분주, 명주, 생명주, 통견이며, 북포, 황저포, 춘포, 문포, 계추리*며, 삼베, 흰 모시, 극상품 고운 무명 짜기와 혼례 장례 음식 차리기, 온갖 유과, 신선로며 종이로 만든 연꽃, 잔치 음식 쌓아 올리기와 청홍황백 침향 염색하기를 일 년 삼백육십일 하루 반때 놀지 않고 손톱 발톱 잦아지게 품을 팔아 모았다. 푼을 모아 돈을 짓고 돈을 모아 양을 만들어, 일수체계 장리변*으로 이웃집 착실한 데 빚을 주었다. 실수 없이 받아들여 봄가을 조상 제사 받들고 앞 못 보는 가장 사계절 의복과 아

---

* 상침질   가장자리의 실밥이 겉으로 드러나도록 꿰매는 것
* 궁초~계추리   모두 옷감의 일종이다.
* 장리변   돈이나 곡식을 빌려주고 이자를 받는 일

침저녁 반찬, 입에 맞게 온갖 별미 마련해 지극정성 공경하며 언제나 한결같으니 위아래 동네 사람들이 곽 씨 부인 훌륭하다 칭찬하더라.

하루는 심 봉사가 말했다.

"여보 마누라. 전생의 무슨 은혜로 이 세상의 부부 되어 앞 못 보는 가장인 날 위해 밤낮으로 벌어 어린아이 보살피듯 배고플까, 추울까, 옷과 음식 극진히 공양하니, 나는 편하지만 당신은 너무 고생만 하는구려.

내일부터는 나 공경 그만하고 사는 대로 살아가되, 우리 나이 사십인데 자식이 없어 제사가 끊기게 되었으니 죽어 지하에 가면 무슨 면목으로 조상님을 대하겠소? 우리 두 부부만 생각해도 초상과 장례, 매년 제사 기일에 밥 한 그릇 물 한 모금 누가 받들겠소? 이름난 산과 큰 절에 기도 드려 딸이든 아들이든 낳는다면 평생한을 풀겠으니 지성으로 빌어 봅시다."

곽 씨가 대답하기를,

"옛글에서도 가장 큰 불효는 자식을 두지 못하는 것이라 했습니다. 우리에게 자식 없는 것은 다 제 잘못인데 군자의 넓으신 덕으로 지금까지 살았습니다. 자식 두고 싶은 마음이야 저도 간절했으나 형편이 어렵고 남편의 마음을 몰라 말하지 못했는데, 이제부터라도 지성으로 기도를 올려 보겠습니다."

하고는 품 팔아 모은 재물로 온갖 공을 다 들인다.

명산대찰 신령한 신 모신 사당, 오래된 사당, 여러 신 모신 사당, 서낭당과 여러 보살 미륵님과 칠성 불공 나한 불공 제석* 불공, 신중神衆맞이 노구맞이,* 옷을 지어 하는 탁의 시주, 등불 기름 바치는 인등 시주, 불전 창문 발라 드리는 창호 시주 갖가지로 다 지내고, 집에 있는 날은 조왕신 성주신 지신 제사를 극진히 공들이니, 공든 탑이 무너지며 심었던 나무 꺾어질까.

갑자년 사월 초파일에 부인이 꿈 하나를 얻었다. 하늘에 그윽한 기운이 서리고 오색이 영롱하더니 한 선녀가 학을 타고 내려왔다. 아름다운 옷에 화관을 쓰고 둥근 패옥을 찼으며 계수나무 한 가지를 들고 있었다. 선녀가 부인에게 인사를 올리고 곁에 와 앉는데 그 모습이 뚜렷한 달 기운이 품 안에 드는 듯, 남해 관음보살이 바다에서 솟는 듯, 정신이 황홀해 진정하기 어려웠다.

선녀가 말하기를,

"저는 선녀 서왕모의 딸로 삼천 년에 한 번 나는 복숭아를 옥황상제께 올리러 가는 길에 옥진 선녀를 만나 노닐다가 시간을 좀 어겼습니다. 이 일로 상제께 죄를 얻어 그만 인간 세계에 귀양을

---

* 칠성, 나한, 제석   북두칠성을 맡은 신, 생사를 초월한 경지의 부처, 부처의 가르침을 지키는 신
* 신중맞이, 노구맞이   불교 경전《화엄경》을 지키는 신을 모시는 제사, 놋쇠 솥에 밥을 지어 산천의 신령에게 지내는 제사

오게 되었습니다. 태상노군과 후토 부인, 여러 보살님과 석가여래
께서 귀댁으로 가라 하시옵기에 왔사오니 어여삐 여기소서."

하고는 품 안에 드니 놀라 깼는데 꿈이었다. 즉시 봉사님을 깨
워 꿈을 의논하니 둘의 꿈이 같았다.

과연 그달부터 태기가 있었다. 곽 씨 부인이 어진 마음으로 바
른 자리가 아니면 앉지 않고 비뚤어진 음식은 먹지 않으며, 시끄러
운 소리는 듣지 않고 나쁜 것은 보지 않으며, 가장자리에 서거나
눕지 않고 열 달을 채우니 하루는 해산하려는 기미가 있었다.

"애고 배야, 애고 허리야!"

심 봉사가 부인 위해 짚 한 줌 정갈하게 골라내고 정화수 한 사
발을 소반에 받쳐 놓고는 단정히 꿇어앉아,

"비나이다, 비나이다. 삼신제왕께 비나이다. 곽 씨 부인 노산이
오니 헌 치마에 오이씨 빠지듯 순산하게 하옵소서."

하고 비는데 갑자기 향기가 온 방 안에 가득하고 오색 안개가
서렸다. 혼미한 가운데 태어나니 딸이었다.

심 봉사가 반갑고 놀라워 탯줄 잘라 뉘어 놓고 크게 기뻐하니,
곽 씨 부인이 정신을 차리고 물었다.

"여보시오, 봉사님. 아들이오, 딸이오?"

심 봉사가 크게 웃으며 말했다.

"아기 아랫도리에 손이 나룻배 가듯 지나가니 아마도 묵은 조
개가 햇조개를 낳았나 보오."

곽 씨 부인이 안타까워하며 말했다.

"기도 드려 뒤늦게 낳은 자식이 딸이라니요."

심 봉사가 일렀다.

"마누라, 그런 말 마시오. 무엇보다 순산했으니 다행이오. 딸이라도 잘 두면 어느 아들과 바꾸겠소. 우리 이 딸 고이 길러 예절 먼저 가르치고, 바느질 길쌈 두루 가르쳐 요조숙녀로 길러 냅시다. 좋은 배필 가려서 짝지어 주고 금슬 좋게 사는 즐거움에 자손까지 번성하면 외손이 제사를 받들어 주지 않겠소?"

첫국밥 얼른 지어 삼신상에 바치고는 옷차림을 가다듬고 두 손을 모아 빈다.

"비나이다, 비나이다. 삼십삼천 도솔천* 제석께 소원을 비나이다. 삼신제왕님네 모두 한마음으로 굽어보시옵소서. 사십 넘어 생긴 자식 한두 달에 이슬 맺어, 석 달에 피 어리어 넉 달에 사람 모양 갖추고, 다섯 달에 피부 생겨 여섯 달에 온갖 정기 나며, 일곱 달에 골격 생겨 사만 팔천 털이 나고, 여덟 달에 금강문, 해탈문 고이 열어 순산하니 삼신님 덕이 아니시오. 다만 무남독녀 외딸이나 삼천갑자 살았던 동방삭의 장수, 태임 같은 덕행, 순임금과 증삼 같은 효행, 여자 선비 반소 같은 재주와 기질, 부자로 이름난 석숭의

---

* 도솔천 미륵보살이 관장하는 하늘. 덕을 많이 쌓은 사람이 태어날 수 있는 깨끗한 세계다.

복을 점지해 주시며 닿는 곳마다 복을 주어 오이가 자라듯 달이 커지듯 잔병 없이 일취월장日就月將 쑥쑥 크게 하옵소서."

심 봉사가 더운 국밥 퍼다 놓고 산모에게 먹인 후에 혼잣말로 아기를 어른다.

"금자동아, 옥자동아, 어허 간간 내 딸이야. 표진강에 빠져 죽으려던 숙향이가 네가 되어 왔느냐. 은하수 직녀성이 네가 되어 왔느냐. 남쪽 논 북쪽 밭 장만한들 이보다 더 반가우며 산호 진주 얻었대도 이보다 더 반가울까. 어디 갔다 이제 와 생겼느냐?"

곽 씨 부인의 죽음

이렇게 즐거워하는데 뜻밖에 해산 후 조리를 제대로 하지 못해 병이 났다. 현숙하고 얌전한 곽 씨 부인이 아이 낳은 지 일주일도 못 가서 바깥바람을 많이 쐬어 병이 났구나.

"애고 배야, 애고 머리야. 애고 가슴이야, 애고 다리야."

그저 온몸이 아프다 하니 심 봉사 기가 막혀 아픈 데를 어루만 져 본다.

"정신 차리고 말을 하시오. 체하였는가? 삼신께서 트집을 잡으 시는가?"

병세가 점점 위중하니 심 봉사가 겁이 나서 건넛마을 성 생원을 모셔 진맥하고 약을 썼다. 그러나 천문동, 맥문동, 반하, 진피, 계 피, 백복령, 소엽, 방풍, 시호, 계지, 행인, 도인, 의술의 신 신농씨의 상백초로 약을 써도 죽을병에는 약이 없었다.

병세 점점 위독해 하릴없이 죽게 되니 곽 씨 부인 또한 살지 못

할 것을 알았다. 남편의 손을 잡고 한숨을 길게 쉬며,

"우리 둘이 백년해로하려 하고, 살림은 어렵지만 앞 못 보는 남편 데면데면하면 노여움 받기 쉽기에 아무쪼록 공경하며 잘 살아 보려 했소. 비바람이든 추위든 더위든 가리지 않고 남으로 북으로 마을마다 품을 팔아 밥도 받고 반찬도 얻어, 식은 밥은 내가 먹고 더운밥은 남편 드려 극진히 대접하며 살아왔소. 그러나 하늘이 주신 명이 그뿐인지 인연이 끊겼는지 이제 할 수 없군요.

어찌 눈을 감고 가리오. 뉘라서 옷을 지어 주며, 뉘라서 맛난 음식 권하겠소. 내가 죽고 나면 눈 어두운 우리 가장 친척도 없고 의지할 곳도 없을 테니, 바가지 손에 들고 지팡이 부여잡고 구걸하러 나가다가 구렁에 빠지거나 돌에 채여 우는 모습 눈에 보이는 듯, 집집마다 문 앞에서 밥 달라는 슬픈 소리 귀에 쟁쟁 들리는 듯하오. 나 죽은 혼백인들 차마 어찌 듣고 보겠소.

명산대찰 신공 드려 사십에 낳은 자식, 젖도 한 번 못 먹이고 얼굴도 채 못 보고 죽는구려. 전생에 무슨 죄로 이생에 생겨나서 어미 없는 어린것이 뉘 젖 먹고 살아가며, 남편 한 몸도 살기 힘든데 또 저것을 어찌할까. 멀고 먼 황천길에 눈물겨워 어찌 가겠소.

저 건너 이 동지 집에 돈 열 냥 맡겼으니 그 돈 찾아다 장례에 보태 쓰시오. 또 장 안에 해산쌀로 둔 양식은 초하루와 첫 보름 제사 지낸 후 양식으로 쓰시오. 진 어사 댁 관복에 학 수놓다가 보자기에 싸서 밑에 있는 농에 넣었으니 나 죽은 뒤 찾아오면 내어 주

시오.

건넛마을 귀덕 어미 나와 매우 친했소. 어린아이 안고 가서 젖 먹여 달라 하면 모른 척하지 않을 것이오. 천만다행으로 이 아기 잘 커서 제 발로 걷거든 내 무덤 앞에 같이 찾아와 '너의 모친 무덤 이다' 가르쳐 주오. 혼이라도 모녀 만나 보면 한이 없겠소.

하늘의 명 어길 수 없어 당신에게 어린아이 맡겨 놓고 영원히 떠나는구려. 남편의 귀하신 몸 슬퍼하다 상하지 마시고 천만 보중 하옵소서. 이번 생에 못다 한 인연 다음 생에 다시 만나 이별하지 말고 삽시다.

애고애고, 잊을 뻔했소. 저 아이 이름을 심청이라 지어 주오. 나 끼던 옥가락지 함 속에 있으니 심청이 자라거든 내어 주시오. 오래 살라는 수복강녕壽福康寧, 편안하라는 태평안락太平安樂 양쪽에 새겨진 돈을 노리개 달린 붉은 주머니에 주홍 실로 벌 모양 매듭 끈 달아 넣어 두었으니 그것도 내어 주오."

하더니 잡았던 손을 놓고 한숨짓고 돌아누워 어린아이 끌어당 겨 얼굴 한데 부비며 혀를 찬다.

"하늘도 땅도 무심하고 귀신도 야속하다. 네가 진작 생기거나 내가 좀 더 살아야지. 너 낳자 나 죽으니 하늘까지 슬픔이 사무치 는구나. 죽는 어미인 나나 사는 자식인 너나 생사 간에 무슨 죄냐. 누구 젖을 먹고 살며 누구 품에서 잠을 잘꼬. 애고, 아가, 마지막으 로 내 젖 먹고 어서어서 자라거라."

곽 씨 부인 두 줄기 흐르는 눈물에 얼굴이 다 젖었다. 한숨짓듯 부는 바람 구슬프게 스쳐 가고 눈물 맺듯 오는 비는 쓸쓸하게 내리도다. 하늘은 나직하고 구름이 어둑히 깔렸는데 숲에서 우는 새는 적막하게 머무르고 시내에 흐르는 물은 울면서 흘러가니, 하물며 사람이야 어찌 아니 서러울까.

딸꾹질 두세 번에 부인 숨이 덜컥 멎으니 심 봉사 그제야 부인이 죽은 것을 알았다.

"애고애고, 마누라! 참으로 죽었는가! 이게 웬일이오!"

가슴을 쾅쾅 두드리며 머리를 탕탕 부딪치며 내리뒹굴 치뒹굴며 엎어지며 자빠지며 발 구르며 슬퍼한다.

"여보, 마누라. 그대 살고 내가 죽으면 저 자식을 키울 것을, 내가 살고 그대 죽으니 저 자식 어찌 기르겠소. 애고애고, 모진 목숨 살자 하니 무엇을 먹고 살며 함께 따라 죽자 한들 어린 자식 어찌할까. 애고, 동지섣달 찬 바람에 무엇 입혀 키워 내며 달 지고 침침한 방에 젖 달라고 우는 소리, 뉘 젖 먹여 살려 낼까.

마오 마오, 죽지 마오. 같은 무덤에 묻히자더니 저승이 어디라고 날 버리고 죽는단 말이오. 청춘작반호환향의 봄을 따라 오려는가, 청천유월래기시*의 달을 따고 오려는가. 꽃도 지면 다시 피고

---

* 청춘작반호환향, 청천유월래기시   푸른 봄과 짝지어 고향에 잘 돌아왔다, 푸른 하늘의 저 달은 언제부터 떠 있나.

해도 지면 다시 돋는데, 우리 마누라 가신 곳은 가면 다시 못 오는가. 삼천 년에 한 번 익는 복숭아 따러 서왕모를 따라갔나, 달에 사는 월궁항아 짝이 되어 약을 지으러 올라갔나. 황릉묘에 묻힌 순임금의 비 아황 여영과 회포를 풀러 갔나, 회사정 정자에서 하늘을 우러러 통곡하던 사 씨 부인을 찾아갔나. 나는 뉘를 따라갈꼬. 애고애고, 설운지고."

이렇듯 애통해하니 도화동 사람들이 너나없이 모여들어 눈물 흘리며,

"현숙하던 곽 씨 부인 불쌍하게 죽었구나. 우리 동네 백여 집이니 십시일반+匙一飯* 장례라도 치러 주세."

하고 의견을 모아 수의와 관을 깨끗하게 마련했다. 양지바른 곳을 가려 삼 일 만에 상여가 나가니 상여 소리가 슬프다.

"원어원어 원어리 넘차, 원어."

"북망산이 멀다더니 건넛산이 북망일세."

"원어원어 원어리 넘차, 원어."

"황천길이 멀다더니 방문 밖에 황천이라."

"원어원어."

"불쌍하다, 곽 씨 부인. 행실도 얌전하고 재주와 기질도 뛰어나

---

* 십시일반 밥 열 술이 한 그릇이 된다는 뜻. 여러 사람이 조금씩 힘을 모으면 한 사람을 돕기 쉽다는 말이다.

더니 늙지도 않았는데 영영 떠나버렸구나."

"원어원어 원어리 넘차, 원어 어화너화 원어."

이리저리 건너가는데 심 봉사 거동 보소. 어린아이 강보에 싸서 귀덕 어미에게 맡겨 놓고 지팡이 짚고서는 논틀밭틀* 쫓아온다. 상여 뒤를 부여잡고 목이 쉬어 크게 울지도 못하고 말한다.

"여보, 마누라. 내가 죽고 마누라가 살아야 어린 자식 살려 내지. 천하 천지에 몹쓸 마누라, 그대 죽고 내가 살았으니 일주일도 못 된 어린 자식 앞 못 보는 내가 어찌 키우겠소. 애고애고."

서럽게 울며 산에 당도해 안장하고 무덤을 만드니, 심 봉사가 슬픈 마음 가득 담아 제문을 지어 읽는다.

아아, 부인이여. 아아, 부인이여.

아름다운 숙녀시여, 홀연 죽어 어디로 가셨는가.

어린 자식 두고 영영 가시니, 이것을 어찌 길러 내며

돌아오지 못할 구천으로 영영 갔으니, 어느 때나 오려는가.

소나무 가래나무 집을 삼아 자는 듯이 누웠구려.

음성과 모습 아득히 머니 보고 듣기 어려워라.

눈물이 이불에 스며드니 젖는 눈물 피가 되고

마음은 수심과 원망에 싸여 살길이 전혀 없다.

* 논틀밭틀 논두렁이나 밭두렁을 따라 난 좁은 길

가슴에 품은 님은 저편에 계시니 바라본들 어이하며

우리는 장차 누구를 의지하나, 답답하고 서럽구나.

백양나무 가지 밖에 달이 지니 산은 적적 밤 깊은데

귀신 소리 들리는 듯하나 무슨 말을 하소연하리.

이승과 저승이 길 다르니 그 뉘라서 위로할까.

다음 생에 만날 것을 약속하니 이번 생엔 다한 일 없네.

술 과일 포 식혜 간소한 차림이나 많이 먹고 돌아가오.

심 봉사가 제문을 다 읽고 나더니 두 눈을 안쪽으로 모으며 탄식한다.

"애고애고, 이게 웬일인가. 가오, 가오. 날 버리고 가는 부인 한탄해서 무엇 하리. 황천으로 가는 길에 잘 곳도 없을 텐데 뉘 집 가서 자고 가오. 가는 데를 날 알려 주오."

크게 슬퍼하니 손님들이 말려 집으로 돌아온다. 아무도 없는 곳을 집이라고 들어가니, 부엌은 적적하고 방은 텅 비었구나. 어린아이 달래다가 휑뎅그렁 빈방 안에 갈가마귀 게 발 물어 던져 놓은 듯 홀로 누우니 마음이 온전할까. 벌떡 일어나 이불도 만져 보고 베개도 더듬으니 예전 덮었던 이부자리는 그대로 있건마는 이제는 독수공방 뉘와 함께 덮고 잘까. 장롱도 쾅쾅 치며 바느질 상자도 덥석 만져 보고 빗던 머리빗도 핑둥그리 던져 보고 받던 밥상도 더듬더듬 만져 본다. 부엌을 향해 괜히 불러도 보고 이웃집 찾

아가,

　"우리 마누라 여기 안 왔소?"

　물어도 보더니 어린아이 품에 품고 애통해한다.

　"너희 어머니 무상하다. 너를 두고 죽었구나. 오늘은 젖을 얻어 먹었으나 내일은 뉘 집 가서 젖을 먹일까? 애고애고, 야속하고 무상한 귀신이 우리 마누라를 잡아갔구나."

동냥젖으로 자라다

이러던 심 봉사, 문득 마음을 다잡고 생각했다.

'죽은 사람이 다시 살아올 수는 없는 일. 할 수 없구나. 이 자식이라도 잘 키워야겠다.'

동네에 어린아이 있는 집을 차례로 물어보고 동냥젖을 먹이러다녔다. 봉사라서 보지는 못해도 귀가 밝으니 눈치로 가늠하다가 우물가에서 소리가 나면 얼른 듣고 밖으로 나서며,

"여보시오, 마누라님. 여보시오, 아씨님네. 이 아기 젖 좀 먹여 주오. 나를 봐서, 또 우리 마누라 살았을 때 인심을 봐서 괄시하지 말고 어미 없는 어린것 젖 좀 주시오. 댁의 귀하신 아기 먹이고 남은 젖 한번 먹여 주오."

하니 누가 아니 먹여 주리.

육칠월에는 김매는 여인들이 쉴 때 애원해서 얻어먹이기도 하고 시냇가에 빨래하는 데 찾아가기도 했다. 어떤 부인은 달래다가

따뜻이 먹여 나중에도 찾아오라 하고 또 어떤 여인은 말하기를,

"이제 막 우리 아기 먹였더니 젖이 없소."

하니 여기저기서 젖을 얻어먹인 후 아이 배가 불룩해지면 심 봉사 좋아라고 햇빛 따뜻한 언덕 밑에 쪼그려 앉아 아기를 안고 달랬다.

"아가, 아가, 자느냐? 아가, 아가, 웃느냐? 어서어서 너희 모친같이 현숙하고 효행 있게 자라거라."

어느 할머니 있어 보며 어느 외가 있어 맡길쏜가. 아기 볼 사람 하도 없으니 젖을 먹인 아기를 뉘어 놓고 그 틈을 타서 동냥을 다녔다. 삼베 주머니 두 개 만들어 한 곳에는 쌀을 받고 한 곳에는 벼를 받았다. 한 달에 여섯 번 장을 다니며 한 푼 두 푼 돈을 모아 아이 암죽거리와 갱엿도 사고 한 푼짜리 홍합도 사며 매월 초하룻날과 보름날 크고 작은 제사까지 지낼 정도가 되었다. 심청이는 장래 귀하게 될 사람이라 부처님과 보살님들이 넌지시 보살펴서 잔병 없이 잘 자랐다. 곧 제 발로 걸어 다니니 무정한 세월은 물결처럼 흘러 어느덧 여섯 살이 되고 일곱 살이 되었다.

심청은 나라 안에서 으뜸갈 만큼 아름답고 행동이 민첩하며 효성이 지극했다. 생각도 깊고 성품까지 어질고 뛰어났다. 아버지의 아침저녁 식사 대접과 어머니의 제사를 법도에 맞게 하니 사람들이 모두 칭찬해 마지않았다.

하루는 심청이 부친께 여쭈었다.

"보잘것없는 짐승인 까마귀도 다 자라면 저녁에 어미에게 먹이를 물어다 주는데 사람이 그보다 못하겠습니까? 아버지 눈 어두우신데 높은 곳, 깊은 곳, 좁은 길로 밥을 빌러 다니시니 다치기 쉽습니다. 또 비바람 불고 서리 내린 날이면 병나실까 염려됩니다. 제 나이 칠팔 세 되었으니 낳고 길러 주신 부모 은덕을 갚을 때가 되었습니다. 오늘부터 아버지는 집을 지키시고 제가 밥을 빌어다가 끼니 근심을 덜겠습니다."

심 봉사 웃고,

"네 말이 기특하다. 그러나 어린 너를 내보내고 앉아 받아먹는 내 마음이 어찌 편하리오. 그런 말 다시 마라."

하니 심청이 또 여쭈었다.

"공자의 제자 자로는 백 리 길을 걸어 부모께 쌀을 구해 드렸고, 효녀 제영은 어린 여자였으나 옥중에 갇힌 아비를 위해 관아의 종이 되어 대신 용서를 구했습니다. 예전과 지금이 다르리까. 저에게 맡기시고 고집하지 마셔요."

심 봉사가 옳게 여겨 말했다.

"기특하다, 내 딸. 효녀로다, 내 딸. 그리하여라."

심청이 이날부터 밥을 빌러 나섰다. 먼 산에 해 비치고 앞마을에 연기 나면 헌 베바지에 대님 묶고 말기만 남은 베치마에 앞섶 없는 저고리를 이렁저렁 얽어 입었다. 푸른 무명으로 만든 모자 둘러쓰고, 버선 없이 맨발에 뒤축 없는 신을 끌고, 헌 바가지 옆에

끼고 단지에는 노끈 매어 손에 들었다. 그러고는 엄동설한 모진 날에 추운 줄 모르고 이 집 저 집 문 앞을 다니며 애절하게 비는 것이었다.

"모친은 세상 떠나시고 우리 부친 눈 어두워 앞 못 보십니다. 십시일반이오니 밥 한 술 덜어 주시면 눈 어두운 부친의 시장기를 면하겠습니다."

듣는 사람들이 안쓰러워하며 한 그릇 밥, 김치와 장을 아끼지 않고 내주었다. 혹 심청에게 먹고 가라 하는 사람들도 있었는데 그럴 때면 심청이 말했다.

"추운 방에서 늙은 부친 기다리실 텐데 어찌 저 혼자 먹겠습니까. 어서 바삐 돌아가 아버지와 함께 먹겠습니다."

이럭저럭 두세 집에서 넉넉히 밥을 얻은 심청이 서둘러 돌아와 방문 앞에서 말했다.

"아버지, 춥지 않으셔요? 시장하신데 많이 기다리셨지요? 다니다 보니 늦었습니다."

심 봉사가 딸을 보내고 마음 둘 데 없어 걱정하더니 소리 듣고 반가워 얼른 문을 열고 두 손을 덥석 잡았다.

"손 시리지?"

입에 대고 훌훌 불고, 발도 차다 어루만지며, 혀를 끌끌 차고 눈물지었다.

"애고애고. 애달프다, 너의 모친. 무상하다, 나의 팔자. 너에게 밥을 빌어먹고 살잔 말이냐. 애고애고, 모진 목숨 구차하게 살아 자식을 고생시키는구나."

심청이 극진한 효심으로 부친을 위로하며,

"아버지, 그런 말씀 마셔요. 자식의 효도를 받는 것은 하늘의 이치에 떳떳하고 사람 도리에 당연한 일입니다. 걱정 마시고 진지나 잡수셔요."

하고는 부친의 손을 잡고 말했다.

"이것은 김치, 이것은 간장이에요. 시장하신데 많이 잡수셔요."

이렇게 공양하며 춘하추동 사계절 동네 걸인이 되었는데, 한 해 두 해 네다섯 해 지나가니 심청의 바느질 솜씨가 날렵해져 공짜 밥을 먹지 않을 수 있었다. 삯을 주면 받아 모아 부친 의복 마련하고 일 없는 날은 밥을 빌어 근근이 살며 세월이 물같이 흘러갔다. 심청은 열다섯 살이 되었다. 얼굴이 가을날 달과 같고 효행이 남다르며 행동이 침착해 하는 일이 다 비범했다. 타고난 자질이 아름답고 뛰어나니 여자 중의 군자요, 새 중의 봉황이었다.

이런 소문이 널리 퍼져 하루는 건너편 무릉촌 장 승상 댁에서 여종을 보내 심 소저를 청한다는 명을 전했다.

심청이 부친께 말씀드렸다.

"어른이 부르시니 다녀오겠습니다. 만일 가서 늦거든 남은 진지, 반찬, 수저와 상을 준비해 두었으니 시장하시면 드셔요. 부디 저 올 때까지 조심하소서."

그러고는 여종을 따라갔다.

여종이 손을 들어 가리키는 데를 보니 문 앞에 심은 버들이 아늑한 마을을 두르고 있고, 대문 안에 들어서니 왼쪽 벽오동나무에 맑은 이슬 뚝뚝 떨어져 학의 꿈을 놀래 깨우고, 오른쪽 소나무에 맑은 바람 건듯 부니 늙은 용이 꿈틀대는 듯. 중문 안에 들어서니 창 앞에 심은 화초 일난초 봉미장은 속잎이 빼어나고, 높은 누각 앞 부용당에 흰 갈매기 나는데 연꽃과 연잎이 둥실 넓적 물 위에 떠 있고, 물수리는 쌍쌍, 금붕어는 둥둥. 안뜰 가는 문 들어서니 규모도 굉장하고 대문 창문 찬란한데 반백이 넘은 부인 의상이 단정하고 살결이 깨끗해서 복이 많아 보이는구나.

장 승상 부인이 심 소저를 보고 반갑게 맞으며 손을 잡았다.

"네가 과연 심청이냐? 듣던 말과 참으로 같도다."

자리에 앉게 한 후 자세히 살펴보니 심청의 아름다운 자태는 나라 최고임이 분명했다. 옷깃을 여미고 앉은 모습이 흰 바위 옆 푸른 시냇물에 비 온 다음 목욕하고 앉은 제비가 사람을 보고 놀란 듯했다. 황홀한 얼굴은 하늘에 돋은 달이 물결에 비친 듯하고, 눈빛은 맑은 새벽하늘에 빛나는 샛별 같으며, 양 볼의 고운 빛은 늦은 봄 산자락에 연꽃이 새로 핀 듯, 두 눈썹은 초승달 같고, 검고 윤나는 머리는 새로 자란 난초 같고, 양쪽 귀밑머리는 매미 모양이라. 입 벌려 웃는 모습은 모란꽃 한 송이가 하룻밤 비를 맞고 피려고 벌어지는 듯, 붉은 입술 열어 말을 하니 농산의 앵무새* 같았다.

부인이 칭찬하며 말했다.

"네가 전생에는 분명히 선녀였겠구나. 도화동에 내려왔으니 월궁에서 놀던 선녀가 벗 하나를 잃었겠다. 오늘 너와의 인연은 우연이 아니다. 무릉촌에 내가 있고 도화동에 네가 나니, 무릉촌에 봄이 들고 도화동에 꽃이 피었구나. 천지의 정기를 빼앗아 네가 이렇게 비범한가 보다.

내 말을 들어라. 승상께서 일찍 세상을 떠나시고 아들만 삼 형제인데 서울에서 벼슬을 하니 손자도 없고 말벗도 없어 재미가 없구나. 각 방에 있는 며느리는 아침저녁 문안한 후 다 각기 제 일을 하니 적적한 빈방에서 대하느니 촛불이요, 보느니 책이로다. 너의 신세 생각하면 양반의 후예로 이렇듯 가난하니 어찌 아니 불쌍하랴. 너를 나의 수양딸로 삼아 살림과 글공부 가르치며 친딸같이 길러서 말년을 즐겁게 보내고 싶다. 너의 뜻은 어떠하냐?"

심 소저가 일어나 두 번 절하고 말씀드렸다.

"제 운명이 박해 태어난 지 칠일 만에 모친이 세상을 떠나셨습니다. 그때부터 눈 어두운 부친께서 동냥젖 얻어먹여 겨우 살아났지요. 어머니 얼굴도 모르니 슬픔이 하루도 끊일 날 없었으나 제 부모를 생각해 남의 부모도 공경하며 살았는데, 오늘 승상 부인께

서 미천한 저를 딸로 삼겠다고 하시니 모친을 다시 뵌 듯 감사하고 황송할 따름입니다.

그러나 부인 말씀을 따르자면 몸은 귀해지겠으나 눈 어두운 우리 부친 아침저녁 공양과 사철 의복을 누가 해 드리겠습니까. 누구나 부모께 입은 은덕이 있겠으나 저에게는 더욱 남과 다른 사정이 있습니다. 저는 부친 모시기를 모친 겸 모셨고, 우리 부친은 저를 믿기를 아들 겸 믿으십니다. 부친이 아니시면 제가 이제까지 살 수 없었고 제가 없어지면 우리 부친 남은 세월 보내실 길이 없습니다. 이런 사정으로 제 몸 다하도록 아버지를 모시고자 하옵니다."

말을 마치자 눈물 흘리는 모습이 봄바람에 가는 비가 복숭아꽃에 맺혔다가 한 방울씩 떨어지는 듯했다. 부인 또한 가련한 마음에 심청의 등을 어루만지며 말했다.

"효녀로다, 효녀로다. 네 말이 맞구나. 내가 늙어 정신이 흐려서 미처 헤아리지 못했도다."

그러는 가운데 날이 저무니 심청이 여쭈었다.

"부인의 선한 덕을 입어 종일토록 모셨습니다. 날이 저무니 어서 돌아가 기다리셨던 부친 마음 위로하고자 하나이다."

부인이 더 붙잡지 못하고 아쉬워하며 옷감과 양식을 후히 주고 여종과 함께 보내며 말했다.

"부디 나를 잊지 마라. 모녀간 의리를 맺으면 좋으련만."

심청이 대답했다.

"부인의 크신 뜻을 잘 알겠습니다."

부인께 절하고 하직 인사를 올린 뒤 멍하니 돌아왔다.

심학규 백미 삼백 석

이때 심 봉사 혼자 심청을 기다리는데 배가 고파 뱃가죽은 등에 붙고 방은 턱이 덜덜 떨릴 정도로 추웠다. 저녁 새가 날아들고 먼 곳에서 절의 쇠북 소리 들려오니 날 저문 줄 짐작하고 혼잣말을 했다.

"내 딸 심청이는 무슨 일에 골몰해서 날 저무는 줄 모르는고. 주인에게 잡혀 못 오는가, 오는 길에 다른 친구를 만났는가?"

눈보라에 지나가는 사람을 보고 개가 짖자,

"심청이 오느냐?"

하고 떨어진 옆 창에 눈보라 치는 소리에도 반겨 말했다.

"심청이 너 오느냐?"

그러나 적막하기만 한 빈 뜰에 사람의 자취는 없으니, 속은 것을 안 심 봉사가 지팡이를 찾아 짚고 사립문 밖으로 나갔다가 한 길도 넘는 개천에 누가 밀친 듯이 떨어졌다. 얼굴은 흙빛이요, 옷에는 얼음이 가득이라. 뛰면 도로 더 빠지고 나오려 하면 다시 미끄러져 꼼짝없이 죽을 지경이었다. 아무리 소리쳐도 날은 저물고 길은 막혔으니, 그 누가 건져 주리.

그래도 죽을 사람 살려 내는 부처님은 곳곳마다 있는지라. 마침 몽운사 화주승*이 절을 새로 지으려고 이름 적을 시주 책 한 권 둘러메고 내려오고 있었다. 산은 어둑해지고 겨울 달 떠오를 때 돌길 옆 비낀 길 따라 돌아가던 중 바람결에 슬피 우는 소리 사람을 구하라 하거늘, 화주승이 자비한 마음에 소리 나는 곳을 찾아가니 어떤 사람이 개천에 빠져 죽어 가고 있었다.

저 중 급한 마음에 아홉 마디 죽장을 흰 바위 위에 척척 던져 놓고 굴갓, 먹색 장삼 실띠 달린 채 벗어 놓고, 육날 미투리,* 행전, 대님, 버선 훨훨 벗어 놓고, 고두누비 바지저고리 거듬거듬 훨씬 추켜올리고 급히 달려들었다. 상투를 덥석 잡아 겨우 건져 놓고 보니 전에 보던 심 봉사라.

심 봉사 겨우 정신 차려 묻는 말이,

"누가 나를 구해 주셨소?"

하니 중이 대답했다.

"몽운사 화주승이오."

* 화주승 사람들이 부처의 가르침을 믿게 하고 시주를 받아 절의 양식을 대는 승려
* 굴갓, 미투리 굴갓은 모자 위를 둥글게 만든 대나무 갓, 미투리는 삼 등의 거친 섬유로 엮은 신이다.

"그렇지. 사람 살려 내는 부처시구려. 죽을 사람 살려 주셨으니 이 은혜 죽어서 백골이 되어도 잊을 수 없소."

화주승이 심 봉사를 업고 방 안에 앉히고는 물에 빠진 이유를 물었다. 심 봉사가 신세를 한탄하다 전후 사정을 말하니 중이 말했다.

"불쌍하오. 우리 절 부처님은 영험이 많으셔서 빌어서 안 되는 일이 없고 구하면 응해 주시지요. 공양미 삼백 석을 부처님께 올리시고 정성을 다해 공경하면 눈을 떠서 이 세상 만물을 다 볼 수 있을 것이오."

심 봉사가 순간 형편을 생각지 못하고 눈 뜬다는 말에 마음이 혹해서,

"그러면 삼백 석을 적어 가시오."

하니 화주승이 허허 웃었다.

"여보시오. 댁의 형편에 삼백 석을 무슨 수로 하겠소?"

심 봉사가 화를 내며 말했다.

"여보시오, 어느 쇠아들놈이 부처님께 적어 놓고 빈말하겠소? 눈 뜨려다 앉은뱅이까지 되게요? 사람 업신여기지 말고 어서 적으시오."

화주승이 바랑을 펼쳐 놓고 제일 윗줄 붉은 칸에 썼다.

심학규 백미 삼백 석.

적은 후에 하직하고 떠났다.

심 봉사가 중을 보내고 다시금 혼자 생각하니 시주 쌀 삼백 석을 만들어 낼 길이 없는지라. 복을 빌려다가 오히려 죄를 얻겠구나 싶어 이 설움, 저 설움, 묵은 설움, 햇설움이 짝이 되어 연이어 일어나니 견디지 못해 그만 운다.

"애고애고, 내 팔자야. 어리석다, 내 일이야. 하늘은 공평하셔서 후하고 박함이 없으련만 나는 무슨 일로 눈 어둡고 가난해서 처자식도 못 보는가. 아내는 죽고 다 큰 딸자식을 동네에 내보내 품 팔고 밥 빌어 겨우 먹고사는 중에, 공양미 삼백 석을 호기롭게 적어 놓았으니 백 가지로 생각한들 구할 길이 없구나. 빈 단지 기울여도 곡식 한 되 없고 장롱을 뒤져도 돈 한 푼이 없네. 초가집 한 칸 팔려 해도 비바람 못 피하니 살 사람이 없고 내 몸이라도 팔려 하나 한 푼도 안 될 테니 나라도 안 사겠네.

어떤 사람은 팔자 좋아 이목구비 완전하고 손발도 성하며 부부는 한평생 같이 살고 자손이 뜰에 가득하다. 곡식이 그득하고 재물이 쌓여 써도 써도 마르지 않고 가진 것이 끝없어 아쉬움 없다는데, 애고애고, 내 팔자야. 나 같은 이 또 있는가! 앉은뱅이 곱사등이 서럽다 해도 부모 자식 볼 수 있고, 말 못하는 벙어리도 서럽다 하나 세상 만물은 볼 수 있다지."

한창 이렇게 탄식하는데 심청이 바삐 와서 제 부친 보고 깜짝

놀라 발을 구르고 어루만지며,

"아버지, 이게 웬일이시오? 나를 찾아 나오시다 이러셨소? 이웃 집에 가셨다가 이리 되었소? 얼마나 춥고 분하셨을까. 승상 댁 노부인이 굳이 잡고 만류해서 어쩌다 보니 늦었습니다."

하고 승상 댁 여종에게 부엌에 있는 나무로 불 좀 지펴 달라 부탁했다.

치마폭을 거듬거듬 걷어잡고 눈물 흔적 씻으면서,

"진지를 드셔요. 더운 진지 가져왔어요. 국물 먼저 잡수셔요."

하고 손을 끌어다가 가리키며 이것은 김치요, 이것은 자반이라 권했다. 그러나 심 봉사는 얼굴에 수심이 가득해 밥 먹을 뜻 전혀 없으니 심청이 걱정했다.

"아버지, 어디 아프셔요? 제가 늦게 와서 그러셔요?"

"아니다. 너 알아도 소용이 없다."

"아버지, 그게 무슨 말씀이셔요. 부모 자식 간은 하늘이 내린 인연입니다. 아버지는 저만 믿고 저는 아버지만 믿으면서 모든 일을 의논하고 살았는데 '네가 알아도 소용없다'니요. 부모 근심이 곧 자식 근심입니다. 말씀을 안 해 주시니 서럽고 속상합니다."

심 봉사가 그제야,

"내가 무슨 일로 너를 속이겠느냐. 네가 알면 걱정만 할 것 같아 말하지 못했다. 아까 너를 기다리다 날 저물도록 아니 오기에, 갑갑한 마음에 마중 나갔다가 개천에 빠져 거의 죽을 뻔했다. 그런데 뜻밖에 몽운사 화주승이 나를 건져 살려 놓고는 하는 말이 '공양미 삼백 석을 진심으로 시주하면 눈을 떠서 천지 만물을 볼 것이오' 하더구나. 홧김에 시주하겠다고 이름을 적어 보냈는데, 한 푼도 없는 집에 삼백 석 쌀이 어디서 난단 말이냐. 도리어 후회로구나."

하니 심청이 그 말을 듣고 오히려 부친을 위로했다.

"아버지, 걱정 마시고 진지 드셔요. 후회하면 진심이 못 되옵니다. 어두운 눈을 떠서 천지 만물을 보게 되신다면 공양미 삼백 석을 준비해 몽운사로 올려야지요."

"이 어려운 형편에 어찌할 수 있겠느냐."

심청이 말했다.

"옛 효자 왕상은 얼음 깨서 잉어 낚아 어머니께 올렸고, 또 다른 효자 곽거는 부모 반찬을 제 자식이 먹으니 산 채로 묻으려다 금 항아리를 얻었다지요. 제가 옛사람만큼은 못하나 지성이면 감천이라 했으니 어떻게든 공양미를 얻을 수 있을 것입니다. 너무 걱정하지 마옵소서."

그날부터 심청은 목욕재계하고 집을 깨끗이 치우고 후원에 단을 쌓았다. 깊은 밤 등불을 켜고 정화수 한 그릇을 떠 놓고는 간절히 빌었다.

"아무 달 아무 날에 심청은 간절히 비옵니다.

천지의 해와 달과 별이며, 땅을 다스리는 신,

산신령, 성황신, 다섯 방향 강의 신 하백이여.

석가여래, 세 분 금강신, 일곱 보살, 불법을 지키는 여덟 신장님들, 저승에 있는 시왕 성군, 강림 도령이시여.

내려와 제 기도를 들어주시옵소서.

하느님이 해와 달을 두심은 사람의 눈과 같습니다.

해와 달이 없으면 무슨 분별을 하오리까?

아버지는 무자년 생으로 삼십 되기 전에 눈이 멀어 사물을 못 보시니, 아버지 허물을 제 몸으로 대신하고 눈을 밝혀 주십시오."

남경 상인을 찾아가다

그러던 어느 날, 사람들이 '남경 상인들이 열다섯 살 된 처자를 사려 한다'고 수군댔다. 심청이 내심 이 말을 반갑게 듣고는 귀덕 어미를 통해 그 곡절을 물어보았다.

"우리는 남경 뱃사람으로, 인당수를 지나갈 때 제사를 지내야 하오. 그래야 넓은 바다를 무사히 건너 수십만 금 이익을 낼 수 있다오. 몸을 팔려는 처녀가 있으면 얼마든 돈을 드리겠소."

심청이 반기며 말했다.

"우리 부친이 눈이 어두운데 공양미 삼백 석이면 눈을 뜰 수 있다고 합니다. 집안 형편이 어려워 내 몸을 팔려 하니 나를 사는 것이 어떻소?"

뱃사람들이 이 말을 듣고,

"효성이 지극하나 가련하구려."

하고는 허락했다. 즉시 쌀 삼백 석을 몽운사로 보내고 삼월 십오일에 배가 떠난다고 하며 갔다. 심청이 부친께 말했다.

"공양미 삼백 석을 이미 몽운사로 보냈습니다. 이제 걱정하지 마소서."

심 봉사가 깜짝 놀라 말했다.

"너 그 말이 웬 말이냐?"

심청 같은 하늘에서 낸 효녀가 어찌 부친을 속일까마는 어쩔 수 없는 형편이라 거짓말로 잠깐 속여 대답했다.

"장 승상 댁 노부인이 지난달 저에게 수양딸로 삼고 싶다 하셨지만 차마 허락지 않았습니다. 그런데 이번에는 공양미 삼백 석을 마련할 방법이 전혀 없기에 이 사연을 노부인께 여쭈었지요. 그랬더니 백미 삼백 석을 내어 주셔서 수양딸로 팔려 가기로 했습니다."

심 봉사가 형편을 모르고 이 말을 반겨 들었다.

"그러하면 잘되었다. 역시 재상 부인이시라 다르구나. 그 댁 삼 형제가 벼슬길에 오른 것도 그분 덕일 게다. 양반의 자식으로 몸을 팔았단 말이 이상하긴 하다마는 승상 댁 수양딸로 팔린 거야 어떻겠느냐. 언제 가느냐?"

"다음 달 십오일에 데려간다고 하더이다."

"어, 그 일 매우 잘되었다."

심청이 그날부터 곰곰 생각했다. 눈 어두운 백발 부친과 이별하고 죽을 일과, 세상에 난 지 열다섯 해 만에 죽을 일이 모두 아득해 식음을 전폐하고 근심으로 지냈다. 그러나 아무리 생각해도 엎질러진 물이요, 쏘아 놓은 화살이라.

하루하루 떠날 날이 다가오니 마음을 고쳐 생각했다.

'내가 살았을 때 아버지 옷이라도 잘 마련해 드려야겠다.'

봄가을 의복 상침질로 겹것 짓고, 여름 의복 한삼 고의 박음질로 지어 놓고, 겨울 의복 솜을 두어 보자기에 싸서 농에 넣었다. 푸른 무명으로 갓끈 접어 갓에 달아 벽에 걸고, 망건 꾸며 당줄 달아 걸어 두고, 배 떠날 날 헤아리니 하룻밤이 남았다.

밤은 깊어 은하수가 기울었다. 심청이 촛불을 향해 앉아 무릎 꿇고 한숨을 길게 쉬었다. 아무리 효녀라도 마음이 온전할까.

'아버지 버선이나 마지막으로 지으리라.'

하고는 바늘에 실을 꿰어 드는데 가슴이 답답하고 두 눈이 침침, 정신이 아득해 하염없는 울음이 간장에서 솟아났다. 부친이 깰까 봐 크게 울지 못하고 흐느끼며 얼굴도 대어 보고 손발도 만져 본다.

"내가 한번 죽고 나면 뉘를 믿고 사실까?

애달프다, 우리 아버지. 내가 철든 후에는 밥 빌기 그만두셨는데 내일부터 다시 동네 걸인 되시겠네. 눈치인들 오죽하며 멸시인들 오죽할까. 나는 이 무슨 험한 팔자인가. 칠일 만에 어머니 잃고 아버지조차 이별하다니 이런 일도 있을까.

하량에 날 저무는데 근심 어린 구름이 이는 것은

소통국의 모자 이별,

모두 머리에 산수유꽃 꽂았으나 나 한 사람만 없는 것은

용산의 형제 이별,

서쪽 양관 나서면 친구가 없는 것은

위성의 벗들 이별,

관산의 님은 얼마나 먼 곳에 계시나

오나라와 월나라 여인들의 부부 이별,*

세상에 이별은 많건마는

살아서 당한 이별이야 소식 듣고 얼굴 볼 날 있으련만

우리 부녀 이별은 어느 날에 소식 알며 어느 때에 얼굴 볼까.

돌아가신 우리 모친 황천으로 가 계시고

나는 이제 죽게 되면 수궁으로 갈 것이니

수궁에서 황천 가기 몇만 리 몇천 리인가.

모녀 서로 보려 한들 모친이 나를 어찌 알며

내가 어찌 노친을 알리.

만일 묻고 물어 찾아가서 모녀 서로 만나는 날

부친 소식 물으시면 무슨 말로 대답하리.

오늘 밤 오경*을 함지*에 머물게 하고

---

* 하랑에 날~부부 이별 이별을 노래한 옛 시들에서 한 구절을 가져오거나 바꾼 것이다.

내일 아침 돋는 해를 부상지˚에 매어 놓으면

어여쁘신 우리 부친 좀 더 모셔 보련마는

해와 달이 가는 것을 누가 막겠는가.

애고애고, 설운지고."

천지가 사정을 봐주지는 않는지라 이윽고 닭이 우니 심청이 어

찌할 도리 없어,

"닭아, 닭아, 울지 마라.

새벽녘 도망치려 닭 울음 기다리던 맹상군 아니로다.

네가 울면 날이 새고, 날이 새면 나 죽는다.

죽기는 서럽지 않으나 의지할 데 없는 우리 부친

어찌 잊고 가자는 말이냐."

어느덧 동쪽이 밝아 오니 심청이 아버지 진지나 마지막으로 지

어 드리려고 문을 열고 나오는데, 벌써 사립문 밖에 뱃사람들이 와

있었다.

"오늘이 배 떠나는 날이니 어서 가게 해 주시오."

* 오경 새벽 3시~5시
* 함지 해가 지는 연못
* 부상지 해가 솟는 동쪽 바닷속에 있다는 나뭇가지

심청이 이 말을 듣고 얼굴이 창백해지고 손발에 맥이 풀리며 목이 메고 정신이 어지러워 뱃사람들을 겨우 불렀다.

"여보시오, 선인船人네들. 나도 오늘이 배 떠나는 날인 줄 알고 있소. 그런데 내 몸 팔린 것을 우리 부친이 아직 모르시니 만일 아시게 되면 야단이 날 것이오. 잠시 기다리시면 마지막으로 진지나 지어 잡수시게 하고 말씀 여쭙고 나서 떠나겠습니다."

뱃사람들이 그렇게 하라고 하자 심청이 들어와 눈물로 밥을 지어 아버지께 올렸다. 상머리에 마주 앉아 진지 많이 잡수시게 하느라고 자반도 떼어 입에 넣고 김쌈도 싸서 수저에 놓으며 말했다.

"진지를 많이 잡수셔요."

심 봉사는 철도 모르고 말한다.

"야, 오늘은 반찬이 매우 좋구나. 뉘 집 제사 지냈느냐?"

그날 꿈을 꾸니 이는 부모 자식 간 천륜이라 꿈에 미리 징조가 보인 것이었다.

"아가, 아가, 이상한 일도 있다. 간밤에 꿈을 꾸니 네가 큰 수레를 타고 한없이 가 보이더구나. 수레란 귀한 사람이 타는 것이니 우리 집에 무슨 좋은 일이 있을 건가 보다. 그렇지 않으면 장 승상 댁에서 가마 태워 데려가는가 보다."

심청이 자기 죽을 꿈인 줄 알고 둘러대어,

"그 꿈 참 좋사이다."

하고는 진짓상을 내가고 담배를 드린 뒤에 그 상을 마주하고 자기가 먹으려는데 간장이 썩는 듯한 눈물이 눈에서 솟아났다. 아버지 신세를 생각하고 자기가 죽을 일을 생각하니 정신이 아득하고 몸이 떨려 밥을 먹지 못했다.

다시 세수하고 사당 문 가만히 열고 하직 인사를 올렸다.

"못난 후손 심청이는 아비 눈을 뜨게 하려고 인당수 제물로 몸을 팔아 가옵니다. 조상 제사를 끊게 되오니 죄송할 따름입니다."

울며 하직하고 사당 문 닫은 후에 아버지 앞에 나아와 두 손을 부여잡고 기절하듯 쓰러지니 심 봉사가 깜짝 놀라,

"아가, 아가, 이게 웬일이냐. 정신 차리고 말하거라."

하니 심청이 여쭈었다.

"못난 딸자식이 아버지를 속였습니다. 공양미 삼백 석을 누가 주겠습니까. 남경 뱃사람들에게 인당수의 제물로 제 몸을 팔아 오늘이 떠나는 날이옵니다. 저를 마지막으로 보옵소서."

심 봉사가 이 말을 듣고,

"이게 무슨 말이냐? 이 말이 참말이냐? 애고애고, 이게 웬 말인고. 못 가리라, 못 가리라. 너 나더러 묻지도 않고 네 마음대로 했단 말이냐? 네가 살고 내 눈 뜨면 그것은 마땅하나 자식 죽여 눈을 뜬들 그게 무슨 소용이냐? 너의 모친 너를 낳고 초칠일 만에 죽은 뒤 눈 어두운 늙은 내가 품 안에 너를 안고 이 집 저 집 다니면서 구차한 말 해 가며 동냥젖 얻어먹여 이만치 키웠다. 내 아무리 앞 못 보나 너를 눈으로 알고 너의 모친 죽은 후 차차 전과 같이 지냈는데

이 말이 무슨 말이냐?

　마라, 마라, 못 하리라. 아내 죽고 자식 잃고 내 살아서 무엇 하리. 너하고 나하고 함께 죽자. 눈을 팔아 너를 사지, 너를 팔아 눈을 뜬들 무슨 소용이냐? 어떤 놈의 팔자기에 궁한 팔자 중 제일이라는 사궁지수四窮之首*가 된단 말이냐.

　네 이놈, 상놈들아. 장사도 좋지만 사람 사다 제사하는 경우가 어디 있느냐? 하느님의 어지심과 귀신의 밝은 마음 앙화*가 없겠느냐? 눈먼 놈의 무남독녀 철모르는 어린아이 나 모르게 유인해서 값을 주고 산단 말이냐? 돈도 싫고 쌀도 싫다.

　네 이 상놈들아, 옛글을 모르느냐? 칠 년 큰 가뭄에 사람들이 사람 제물 쓰라 하자, 탕 임금이 '내가 지금 비는 것은 사람을 위함인데 사람을 죽여 빌어야 하면 내 몸으로 대신하리라'고 어진 말씀 하셨다. 몸소 희생 되어 몸에 흰 띠 두르시고 손과 머리 정결히 해 상림 뜰에서 빌었더니 수천 리 너른 땅에 큰비가 내렸다. 이런 일도 있었으니 내 몸으로 대신 가는 게 어떠하냐. 여보시오, 동네 사람들, 저런 놈들을 그냥 두고 보는 거요?"

　하니 심청이 부친을 붙들고 울며 위로했다.

　"아버지, 할 수 없소. 아버지는 눈을 떠서 밝은 세상 보시고 착

---

*　사궁지수　네 가지 궁한 팔자 중 제일가는 것. '늙은 홀아비'를 뜻한다. 나머지는 늙은 과부, 부모 없는 어린이, 자식 없는 노인이다.
*　앙화　지은 죄의 앙갚음으로 받는 재앙

한 사람 구해 아들딸 낳아 후사를 전하소서. 불효녀는 생각지 마옵시고 만세 무량하소서. 이 또한 하늘의 명이니 후회한들 어쩌겠습니까."

뱃사람들이 이 모습을 보더니 우두머리가 의견을 냈다.

"심 소저의 효성과 심 봉사의 일생 신세를 생각해 굶지 않고 헐벗지 않게 한몫을 마련해 주면 어떻겠소?"

"그 말이 맞소."

쌀 이백 석과 돈 삼백 냥, 흰 무명과 삼베를 각 한 동씩 마을에 들여놓고 마을 사람을 모아 놓은 후 말했다.

"이백 석 쌀과 삼백 냥 돈을 착실하고 믿을 만한 사람에게 주어 심 봉사를 봉양해 주시오. 삼백 석 중 이십 석은 올해 양식으로 쓰고, 나머지는 해마다 꾸어 주고 이자를 붙여 받으면 양식이 넉넉할 것이오. 무명과 삼베로는 사계절 의복 장만하도록 하시오. 이 내용으로 고을 수령께 공문을 보내 마을에 전하라."

이렇게 말을 마치고는 심 소저에게 가자고 하는구나.

승상 부인 하직하고,
심 봉사 이별하고

이때 무릉촌 장 승상 댁 부인이 소문을 듣고 급히 여종을 보내 심 소저를 만나려 했다. 심청이 여종을 따라가니 승상 부인이 문밖까지 달려 나와 손을 잡고 울며 말했다.

"이 무심한 사람아. 나는 너를 자식으로 알았는데 너는 나를 어미로 알지 않았구나. 쌀 삼백 석에 몸이 팔려 죽으러 간다니 효성은 지극하지만, 네가 살아 세상에 있는 것만은 못하다. 나에게 의논했으면 진작 주었지. 지금이라도 쌀 삼백 식 내어 줄 테니 뱃사람들 도로 주고 이런 끔찍한 말 다시 하지 말거라."

"애초에 말씀 못 드린 것을 후회하면 무엇 하겠습니까. 또 부모님 위해 공을 들이면서 어찌 남의 재물을 빌어 오며, 백미 삼백 석을 도로 내어 주면 뱃사람들이 난처할 테니 그 또한 어렵습니다. 하물며 값을 받고 몇 달이 지난 뒤인데 어찌 다른 말을 하겠습니까. 부인의 은혜와 고마운 말씀은 저승에 가서라도 갚겠습니다."

심 소저의 눈물이 옷깃을 적셨다. 부인이 다시 보니 결심이 굳은지라 할 수 없이 다시 말리지 못하면서도 놓지 못했다.

심 소저가 울며 여쭈었다.

"부인은 전생의 제 부모십니다. 어느 날에 다시 모시겠습니까? 글 한 수를 지어 정을 표하오니 보시면 아실 것입니다."

부인이 반겨 종이와 붓, 먹을 내어 주시니 붓을 들고 글을 쓰는데 눈물이 비가 되어 점점이 떨어지니 송이송이 꽃이 되어 그림 족자와 같았다. 중당에 걸고 보니 그 글은 이러했다.

사람이 죽고 사는 것은 한 꿈속이니

정에 끌린다고 어찌 눈물 흘릴까

세상에 가장 애끊는 것은

풀빛 푸른 강남에 님 돌아오지 못함이라

부인이 심 소저를 다시 붙들다가 심청이 글 짓는 것을 보고 말했다.

"글이 진실로 선녀의 재주다. 분명 인간 세상에서의 인연이 다해 상제께서 부르시는 것이니 어찌 피하겠느냐. 나 또한 이 운에 맞추어 글을 짓겠다."

난데없는 비바람 어두운 밤에 불어오니

아리따운 꽃 날려서 누구 문 안에 떨어뜨리나

인간 세상 괴로움을 하늘이 생각하셔서

아비와 자식이 억지로 정을 끊게 하시는구나

심 소저가 이 글을 품에 품고 눈물로 이별하는데 차마 보지 못할 정도였다.

심청이 돌아와서 부친께 하직 인사를 드렸다. 심 봉사가 뒹굴고 괴로워하며 외쳤다.

"네가 나를 죽이고 가거라. 그냥은 못 간다. 날 데리고 가거라. 너 혼자는 못 간다."

심청이 부친을 위로하며,

"부모 자식 간 천륜을 끊고 싶어 끊으리까. 생사에 때가 있어 하느님이 하신 바이니 한탄한들 소용없습니다. 사람의 정으로 하자면 떠날 날이 없사옵니다."

하고는 저의 부친을 동네 사람에게 붙들게 하고 뱃사람들을 따라나섰다. 통곡을 하며 치마끈 졸라매고 치마폭 거듬거듬 안고는 흐트러진 머리털 두 귀밑에 드리우고 비 오듯 흐르는 눈물로 옷을 다 적셨다. 엎어지며 자빠지며 붙들려 나가면서,

"옆집 큰 아가, 상침질 수놓기를 이제 뉘와 함께하려느냐? 작년 오월 단옷날 그네 뛰며 놀던 일을 혹시 기억하느냐? 건넛집 작은

아가, 올해 칠월 칠석에는 함께 기원하자더니 이제는 헛일이다. 언제나 다시 볼까. 너희는 팔자 좋으니 부모 모시고 잘 있거라.”

하니 동네 사람 남녀노소가 모두 눈이 붓도록 서로 붙들고 울었다. 그러다 성 위에서 손을 놓고 헤어지려는데 하늘이 아시는지 해가 어디론가 사라졌다. 구름이 잔뜩 끼더니 청산이 찡그리는 듯, 강물 소리가 통곡하는 듯했다. 곱게 핀 꽃도 시들고, 초록빛 버들가지는 힘없이 늘어지는 중에 심청이 말했다.

"이 봄날 새들은 다정하게도 우는구나.

꾀꼬리야 누구를 이별해

벗을 부르는 듯 울어 대느냐.

피가 날 듯 울어 대는 두견새야

깊은 밤 빈산에 달은 어디 두고

애끊는 소리로 울고 있느냐.

네 아무리 가지 위에서 슬피 울어도

돈 받고 팔린 몸이 어찌 돌아올까."

바람에 날린 꽃이 얼굴에 와 부딪히니 꽃
을 들고 바라보며,

"봄바람이 사람의 마음을 모른다면

어찌하여 지는 꽃을 불어 보내는가.[*]

한나라 무제 수양공주 매화 비녀는 있건만

죽으러 가는 몸이 누굴 위해 단장하리.

봄 산에 지는 꽃이 지고 싶어 지겠느냐.

어찌할 수 없는 일이니

누구를 원망하고 누구를 탓하리오."

하고 한 걸음에 돌아보고 두 걸음에 눈물지었다. 강가 나루 다 다르니 여러 뱃사람이 뱃머리에 판자 깔고 심청을 인도해서 배에 태운 후 닻을 감고 돛을 달며 소리하는구나.

"어기야, 어기야, 어기야, 어기야."

북을 둥둥 울리며 노를 저으니 저 물결 한가운데로 배가 떠서 나아간다.

* 봄바람이 사람의 ~ 불어 보내는가   당나라 시인 왕유가 지은 시의 한 구절

아득히 먼 물길 따라서

머나먼 너른 바다, 크고 큰 물결이라.
갈매기와 기러기 물가로 돌아드는데
출렁이는 물소리는 고깃배 소리인가 싶건마는
노랫소리 그치니 사람은 보이지 않고 산봉우리만 푸르구나.
노 젓는 소리에 온갖 근심 담겼다는 말
나를 두고 한 말이라.
장사 땅 시나가니 충신 가의태부 간곳없고
멱라수 바라보니 충신 굴원의 혼은 잘 계신지.

황학루에 당도하니
해 저물었는데 내 고향은 어디인가.
아지랑이 핀 강 위에서 내 마음 시름겹네.
봉황대에 다다르니

큰 산 세 봉우리 하늘 저쪽 솟아 있고

두 줄기 강 갈라진 곳 백로주 되어 있네.

심양강에 당도하니

백낙천 어디 가고 비파 소리 끊어졌다.

적벽강 그냥 가랴,

소동파 노닌 풍월 그대로 있건마는

조조 같은 당대 영웅은 지금 어디에 있나.

달 지고 까마귀 우는 밤 고소성에 배를 매니

한산사 쇠북 소리 뱃전에 들려온다.

진나라 회수 건너갈 때

노래 파는 여인은 나라 망한 설움 모르고

달빛 자욱한 강가에서 노래하는데

소상강 들어가니 악양루 높은 누각 호수 위에 떠 있고

동남쪽 바라보니 산들은 겹겹이요 강물은 넓고 넓다.

물결 아득하더니 소상팔경瀟湘八景* 눈앞에 있도다.

우르륵 주르륵 오는 비는 아황 여영의 눈물이요

---

* 소상팔경 소상강 주변의 아름다운 여덟 경치. 평사낙안平沙落雁, 원포귀범遠浦歸
帆, 동정추월洞庭秋月, 소상야우瀟湘夜雨, 연사만종煙寺晚鐘, 산시청람山市晴嵐, 강
천모설江天暮雪, 어촌석조漁村夕照를 말한다. 《심청전》에서는 뒤에 세 개가 빠지고
대신 '무산낙조, 창오모운, 황릉이원'이 들어가 있다.

대나무에 얼룩으로 점점이 맺혔으니[*]

소상강에 내린 밤비, '소상야우' 이 아니냐.

칠백 평 호수 맑은 물에 가을 달이 돋아 오니

하늘의 푸른빛이 물 위에 어리었다.

어부는 잠들고 소쩍새만 날아드는데

동정호 가을 달, '동정추월' 이 아니냐.

오나라 초나라 넓은 물에 오고 가는 장삿배는

순풍에 돛을 달아 북을 둥둥 울리면서

어기야 어기야 이야 소리하니

먼 포구에서 돌아오는 돛단배, '원포귀범' 이 아니냐.

강 건너 언덕 마을 두세 집에 밥 짓는 연기 나고

건너편 절벽 위에 저녁 햇빛 비쳐 오니

무산의 저녁노을, '무산낙조' 이 아니며

뭉게뭉게 일어나서 한 무리 지어 있는 것은

창오산 저녁 구름, '창오모운' 이 아니냐.

푸른 물 흰모래 이끼 낀 양쪽 언덕

시름 못 이겨 날아오는 기러기는 갈대 하나 입에 물고

점점이 날아들며 끼룩끼룩 소리 하니

---

[*] 우르룩 주르룩~점점이 맺혔으니 아황과 여영은 소상강 강가에서 순임금의 죽음을 슬퍼하다 강물에 몸을 던져 죽었다. 이들의 피눈물이 대나무에 묻어 반점이 생겼다고 한다.

모래밭에 내려앉는 저 기러기, '평사낙안' 이 아니냐.

상수로 울며 가니 옛 사당이 분명하다

남쪽 찾아왔던 두 자매, 혼이라도 있을 줄 알았는데

제 소리에 눈물지으니

황릉묘의 두 부인 사당, '황릉이원' 이 아니냐.

새벽 쇠북 큰 소리에 경쇠 소리 뎅뎅 섞이니

배 타고 멀리서 온 손님 깊은 잠 깨우고

탁자 앞 늙은 중이 아미타불 염불하니

한산사 저녁 종, '연사만종' 이 아닌가.

소상팔경 다 본 후에 배가 떠나려는데 향기로운 바람 일어나며 옥패 소리가 들렸다. 대나무 숲 사이에서 두 부인이 자줏빛 노을 치마, 석류빛 신을 끌고 나오더니,

"심 소저야, 네가 우리를 아느냐. '창오산이 무너지고 상강이 말라야 대나무에 어린 핏자국 없어지리라' 하던 이 깊은 한을 말할 곳이 없었는데, 지극한 네 효심을 보고 위로하러 나왔노라. 요임금 순임금 돌아가신 후 수천 년이 되었으니 지금은 어느 때냐? 지금도 그때의 가르침을 전하고 있더냐? 멀고 먼 물길에 조심해서 다녀오너라."

하고는 홀연히 간 곳이 없었다.

심청이 속으로 생각했다.

'이분들은 아황, 여영 두 부인의 혼령이셨구나.'

서산에 당도하니 풍랑이 크게 일며 찬 기운이 돌더니 검은 구름이 일어났다. 그 속에서 사람이 나오는데 얼굴이 큰 수레바퀴 같고 미간이 넓으며 가죽으로 몸을 감싸고 있었다. 그가 두 눈을 딱 감고는 심청을 부르며 소리쳤다.

"슬프다, 우리 오나라 왕이 헐뜯는 말에 속아 내게 촉루검을 주었고 그 검으로 자결했으니. 죽은 후엔 가죽에 싸서 나를 물속에 던졌도다! 대장부의 원통함에 월나라 군사가 오나라 망하게 하는 것을 똑똑히 보려고 내 눈을 빼어 동문 위에 걸고 왔도다. 결국 그 모습은 보았으나 내 몸에 감긴 가죽은 누가 벗겨 주리오. 모두가 한이로다!"

이는 누군가 하니 오나라 충신 오자서였다.

바람과 구름이 걷히고 햇빛이 비치자 물결이 잔잔해지며 두 사람이 강가에서 나왔다. 앞에 있는 사람은 왕의 기상인데 어두운 표정에 차림이 남루하니 분명 초나라 회왕이었다.

"서럽고 분하다. 진나라에 속아 삼 년 동안 갇혀 지내며 끝내 내 나라에 돌아가지 못하고 혼령이 되었다. 천추에 깊은 한이 소쩍새가 되었구나."

뒤에 있던 또 한 사람은 안색이 창백하고 깡마른 모습이었다.

"나는 초나라 굴원이다. 초 회왕을 섬겼으나 그 아들 자란의 모함으로 이 물에 빠졌지. 우리 임금 섬기고자 내가 지은 〈이소〉를 후세 선비들이 몇이나 외우던가. 그대는 부모 위해 효성으로 죽고 나는 충성으로 죽었으니 충효는 마찬가지라 위로하러 내 왔노라."

심청이 생각했다.

'죽은 지 수천 년인 혼백들이 남아 사람의 눈에 보이다니 이는 내가 죽을 징조구나.'

그러고는 슬퍼하며 탄식했다.

"물에서 자는 날이 몇 밤이며

배에서 지낸 밤이 몇 날이냐.

그간 네다섯 달이 이 물같이 지났구나.

가을바람 해 저물자 서늘하게 불어오고

하늘은 크고도 가파르게 펼쳐져 있네.

저녁노을 외로운 갈매기와 나란히 날고

가을 강은 하늘과 가지런히 같은 빛이네.

낙엽은 끊임없이 쓸쓸히 떨어지고

강물은 끝도 없이 세차게 흐르는구나.

강가에는 익은 귤이 황금 조각처럼 널려 있고

갈대꽃 바람에 날리니 흰 눈이 점점이 내린 듯하네.

신포의 가는 버들가지에 지는 잎들

옥 같은 이슬 맑은 바람 부는데

외롭구나, 어선들은 등불을 돋워 달고

어부가로 화답하니 그 또한 근심이고,

물가에 푸른 산은 봉우리마다 칼날 되어

늘어서 있으니 그 또한 수심이라.

해 지는 긴 백사장에 가을빛 아련한데

어디 가서 아황, 여영 두 왕비를 조문할까.

초나라 시인 송옥의 〈비추부〉*가 이보다 더 슬플까.

어린 소년 소녀 싣고 불로초 구하러 가게 했던

진시황의 약초 캐는 배인가.

진시황의 신하 서불 없으니

한 무제의 신선 찾는 배인가.

먼저 죽자 해도 뱃사람들 지키고 있고

살아 가자 하니 고국이 멀기도 하다.”

* 〈비추부〉 가을을 슬퍼하는 시

거친 바다 인당수에
몸을 던지다

한 곳에 도착해 돛을 걷고 닻을 내리니 이곳이 곧 인당수였다. 거센 바람이 크게 일어나 바다가 뒤집히고 어룡이 싸우는 듯, 벼락이 내리치는 듯, 넓은 바다 한가운데 일천 석을 실은 배가 노도 잃고 닻도 끊어지며 돛대에 맨 줄도 끊어지고 키도 빠져버렸다. 바람 불고 물결치며 안개비가 뒤섞여 오는데 갈 길은 천 리 만 리 남아 있구나. 사방이 저물어 온 세상이 어둑하고 배만 겨우 떠 있는데, 뱃전에 탕탕, 돛대는 와지끈, 한시가 급하게 위태했다.

뱃사람들 모두가 겁에 질려 허둥대며 정신없이 고사 제물을 차렸다. 섬 쌀로 밥을 짓고, 동이 술에 큰 소 잡아 다리와 머리를 올려 놓고, 큰 돼지 통째 삶아 큰 칼 꽂아 기는 듯이 받쳐 놓고, 삼색과실과 오색 탕수, 갖은 고기와 생선과 식혜와 과일을 방위에 맞추어 고여 놓았다. 그리고 목욕재계한 심청을 흰옷으로 갈아입혀 상머리에 앉혀 놓고는 도사공*이 북을 둥둥 치며 고사를 지냈다.

"두리둥두리둥, 삼십삼천 하늘에 이십팔수 별자리,

허궁천지 비비천과 삼황오제 도리천에

저승의 열 대왕 자리 마련하실 때,

천상의 옥황상제, 지하의 황제 헌원씨,

공자, 맹자, 안회, 증삼 네 성현은 법문을 내시고,

석가여래는 불도를 마련하시고,

복희씨는 팔괘를 마련하시고,

신농씨는 백 가지 약초로 의술과 약 만드시고,

헌원씨 배를 만들어 막혔던 곳 다니게 하시고,

후세 사람들 이를 본받아 사농공상土農工商* 직업 만들었으니,

모두 크나큰 공이십니다.

배의 공을 말하자면,

하우씨는 구 년 홍수 배를 타고 다스렸고,

오자서가 도망갈 때 뱃사공이 건네수었고,

항우가 패해 오강으로 돌아들 때 배를 매고 기다렸고,

공명이 동남풍으로 조조의 십만 대군 공격할 때 배 아니면 어찌

하며,

* 도사공 뱃사람들의 우두머리
* 사농공상 선비, 농부, 장인, 상인

도연명은 배를 타고 시골로 돌아오고,

장한도 배를 타고 강동으로 돌아오고,

소동파는 뱃놀이하며 〈적벽부〉를 지었고,

지국총어사화 배를 저어 가는 것은 어부의 즐거움이요,

계수나무 돛대에 난초 노를 저으며 긴 포구 내려가는 것은 오나라, 월나라 여인들의 연잎 따는 배요,

재물 많이 싣고서 해마다 다니는 것은 장사하는 배가 이 아니겠습니까.

 우리 동무 스물네 명 장사하러 다니면서

십 세부터 배를 타고 떠돌며 다녔는데

인당수 용왕님은 사람 제물 받으셔서

유리국 도화동에 사는 열다섯 살 효녀 심청을 제수로 바치오니 사해용왕님은 고이고이 받으시옵소서.

동해신, 서해신, 남해신, 북해신,

칠금산 용왕님, 자금산 용왕님, 섬마다 계신 용왕님,

배를 보살피시는 성황님네, 다 굽어보옵소서.

물길 천 리 먼먼 길에 바람구멍 열어 내고

낮이면 대야에 물 담은 듯 평탄하게

배도 무쇠 되고 닻도 무쇠 되고

돛줄, 마루, 닻줄 모두 무쇠로 점지하시고

근심에 빠질 일 없게 해 주시고

재물 잃을 일 없게 해 주시고

억십만 금 이익 남겨

웃음과 춤으로 크게 길하도록 점지해 주옵소서."

이렇게 빌더니 북을 둥둥 치며 말했다.

"심청은 한시가 급하니 어서 바삐 물에 들라!"

심청의 거동 보소. 두 손을 합장하고 일어나 하늘을 향해,

"비나이다, 비나이다. 하느님께 비나이다. 저 죽는 일은 하나도 서럽지 않으나 앞 못 보는 우리 부친 깊은 한을 생전에 풀려고 이 죽음을 당합니다. 밝은 하늘은 부디 감동하사 어두운 아비 눈을 밝혀 주시옵소서."

빌고는 팔을 들어 소리쳤다.

"여러 선인님들, 편안히 가시오. 억십만 금 이익 남겨 이 물가 지날 때에 나의 혼백 불러내어 물밥이나 주시오."

두 활개를 쩍 벌리고 뱃전에 나서 보니 맑고 푸른 바닷물이 월리렁 출렁 뒤둥구르며 물농울 쳐서 거품이 북적거리는구나. 심청이 기가 막혀 뒤로 벌떡 주저앉는다. 뱃전을 잡고 기절하듯 엎드리니 그 모습은 차마 못 볼 지경이라. 심청이 다시 정신을 차려 할 수 없이 일어나, 온몸을 잔뜩 숙여 치마폭을 뒤집어쓰고는 종종걸음

으로 물러났다가 뛰어들며 외쳤다.

"아버지, 나는 죽소!"

뱃전에 한 발이 머뭇하더니 거꾸로 풍덩 빠지는구나. 살구꽃이 비바람에 휩쓸리듯, 밝은 달이 물속에 잠기는 듯하니, 아득한 바닷속에 곡식 한 알 떨어진 것처럼 심청의 모습은 흔적도 없이 사라져버렸다.

그러자 새벽녘의 기운처럼 물결과 광풍이 조용해지며 안개와 구름이 자욱이 머물렀다. 곧 푸른 하늘이 드러나며 날씨가 맑게 갰다.

도사공이 말했다.

"고사를 지내고 날씨가 개니 심 낭자의 덕이 아니겠나."

모든 뱃사람이 고개를 끄덕였다.

고사를 끝내고 술 한 잔 먹고 담배 한 대씩을 피운 뒤 배를 움직였다.

"어기야, 어기야."

뱃노래 한 곡조에 큰 돛을 양쪽에 갈라 달고 남경으로 출발했다. 와룡수 여울물에 쏘아 놓은 화살대같이, 기러기 발에 전한 편지 북해에 닿은 기별같이 순식간에 남경에 도착했다.

이때 심청은 물에 빠져 정신을 잃어 가는데, 문득 오색구름이 영롱하고 기이한 향기가 나며 맑은 피리 소리가 은은히 들렸다. 옥황상제께서 인당수 용왕과 사해용왕, 지부왕에게 명령을 내리신 것이었다.

"내일 하늘이 내린 효녀 심청이 그곳에 갈 것이니 몸에 물 한 점 묻지 않게 하라. 만일 심청이 잘못되면 사해용왕에게 천벌을 내리고 지부왕은 파문할 것이다. 심청을 수정궁에 모시고 삼 년간 잘 대접해 세상으로 다시 돌려보내라."

사해용왕과 지부왕이 크게 놀라 강과 개천의 장수들을 다 모이게 했다. 그리하여 원참군 별주부, 승지 도미, 비변랑 낙지, 감찰 잉어며 수찬 송어와 한림 붕어, 수문장 메기, 청명사령 자가사리, 승대, 북어, 삼치, 갈치, 앙금 방게, 수군 백관이며 백만 물고기 병사와 수많은 선녀들이 심청이 수궁에 올 시간을 기다렸다.

과연 옥 같은 심청이 물에 뛰어드니 선녀들이 받들어 곧장 가마에 태웠다. 심청이 정신을 차리고는 말했다.

"속세의 비천한 인간이 어찌 용궁의 가마를 타겠습니까?"

여러 선녀가 대답했다.

"옥황상제의 분부가 지엄하셔서, 타시지 않으면 저희 용왕님이 큰 벌을 받으십니다. 사양치 마시고 타옵소서."

심청이 그제야 마지못해 가마 위에 높이 앉으니 여덟 선녀가 가마를 메고 여섯 마리 용이 모시며 강과 개천의 장수들이 좌우에서 호위했다.

용궁에 간 심청과 두 어머니

청학을 탄 두 동자가 앞길을 인도해 바닷물로 길 만들고 풍악을 울리며 들어가자, 천상의 선관 선녀들이 심청을 보려고 늘어서 있었다. 태을 선녀는 학을 타고, 적송자는 구름 타고, 갈선옹은 사자를 탔다. 청의동자, 백의동자, 쌍을 지은 선녀들, 취적선과 월궁항아, 서왕모와 마고 선녀, 낙포 선녀와 남악 부인, 팔선녀가 다 모이니 고운 옷에 좋은 패물, 색다른 향기에 풍악 소리가 진동했다. 피리와 장고, 거문고와 퉁소, 해금과 북으로 신비한 음악을 노래하니 그 소리가 수궁에 울려 퍼졌다.

수정궁은 인간 세상이 아닌 별천지였다. 남해 용왕이 통천관*을 쓰고 백옥홀을 들고는 찬란한 모습으로 들어가니 삼천팔백 수궁 지부의 대신들이 늘어서서 만세를 불렀다. 심청의 뒤로는 백로와

---

* 통천관 황제가 나랏일을 볼 때 쓰는 관

고래와 청학을 탄 신선들이 하늘로 날아 올라갔다.

용궁의 모양을 보니 화려하고 위엄이 넘쳤다. 용의 뼈를 걸어 대들보로 삼으니 영롱한 빛이 해처럼 비추고, 물고기 비늘을 모아 기와로 삼으니 신비한 빛이 허공에 서렸다. 진주와 옥으로 지은 궁궐은 해와 달과 별의 빛에 응답하는 듯하고, 땅의 덕이 보통과 달라 인간의 다섯 가지 복에 비할 만했다. 산호 구슬발과 대모 병풍은 광채가 찬란하고, 인어가 짠 비단 휘장은 구름같이 높이 둘러쳐져 있었다. 동쪽을 바라보니 거대한 붕새가 공중을 나는데 쪽빛보다 푸른 물이 끝없이 펼쳐졌고, 서쪽을 바라보니 강가의 버드나무 아득한데 한 쌍의 푸른 새가 날아들며, 북쪽을 바라보니 멀리 보이는 육지의 산이 푸른빛을 띠었다. 위쪽을 바라보니 상서로운 구름이 붉은빛인데 위로는 하늘을 꿰뚫고 아래로는 세상에 뻗쳐 있었다.

음식을 둘러보니 인간 세상의 음식이 아니었다. 유리 소반 옥돌 상에 유리 술잔과 호박 받침, 자하주와 천일주에 기린 육포로 안주하고, 호로병 제호탕에 감로주를 넣었다. 옥돌 소반에 반도 복숭아 담아 놓고 한가운데 삼천 복숭아 덩그렇게 고였는데 신선 음식 아닌 것이 없었다.

이렇듯 심청이 수궁에 머물 때, 모두가 옥황상제의 명을 받아 지극히 모셨다. 사해용왕이 다 각기 시녀를 보내 아침저녁으로 문안을 올리며 번갈아 호위했고, 시녀들은 오색 수놓은 비단옷에 꽃처럼 달처럼 고운 얼굴로 상냥하게 시중을 들었다. 밤낮으로 모여 사흘마다 작은 잔치, 닷새마다 큰 잔치를 열었으며 위쪽 당에서는 비단 백 필, 아래쪽 당에서는 진주 석 되를 바쳤는데 부족함이 없을까 늘 조심했다.

이때 무릉촌 장 승상 댁 부인은 심청의 글을 벽에 걸어 놓고 날마다 보는데, 그 빛이 변하지 않고 그대로더니 하루는 글 족자에 물이 흐르고 색이 변해 검어졌다. 부인이 내심 '심청이 죽었구나' 하며 크게 탄식했다. 그런데 얼마 후 물이 걷히고 도로 맑고 깨끗한 빛으로 변하니 부인이 괴이하게 여기며 '누가 구해 살아났는가?' 생각했다. 그러나 어찌 그러기 쉬우리오.

그날 밤 장 승상 부인이 제물을 갖추어 강가에 나아가서는 심청의 혼을 위로하는 제사를 지냈다. 종들을 데리고 강가 나루 근처에 다다르니 깊은 밤 삼경*인데 안개가 첩첩이 싸여 있었다. 한 척 배를 강물에 띄워 놓고 배 안에 제사상을 차린 다음 부인이 직접 잔을 부어 심청을 위로했다.

"아아, 슬프도다, 심 소저야. 죽기를 싫어하고 살고자 함은 당연한 것이거늘 길러 주신 부친 은덕 죽음으로 갚고자 스스로 목숨을 끊었구나. 고운 꽃이 흩어지고 나는 나비 불에 들었으니 어찌 아니

* 삼경 밤 11시~새벽 1시

79

슬프냐. 한 잔 술로 위로하니 어서 와서 흠향*하기를 바라노라.”

눈물을 뿌리며 통곡하니 온갖 미물까지 감동할 정도였다. 뚜렷이 밝은 달도 구름 속에 숨었고 사납게 불던 바람도 그쳤다. 강물은 적막하게 흐르고, 모래밭에서 놀던 갈매기도 목을 길게 빼어 끼루룩끼루룩 소리 하며, 어선들은 가던 돛대를 멈추었다. 그때 강 가운데서 나온 한 줄기 맑은 기운이 뱃머리에 어리다가 사라지자 날씨가 갰다. 부인이 반가운 마음에 일어섰다가 가득 부었던 잔이 반이나 줄어든 것을 보고 심청의 영혼을 만난 듯 매우 슬퍼했다.

하루는 광한전 옥진 부인이 오신다는 소식에 수궁이 발칵 뒤집혔다. 원래 이 부인은 심 봉사의 처 곽 씨 부인으로, 죽어서 광한전에 올라가 옥진 부인이 되었는데 딸 심청이 수궁에 왔다는 말을 듣고 상제께 허락을 받아 모녀 상봉하러 온 것이었다.

심청은 누구신지 모르고 멀리서 바라볼 따름이었다. 오색구름이 어린 가운데 아름다운 가마를 옥기린에 높이 싣고, 푸른 복숭아꽃과 붉은 계수나무꽃을 좌우에 늘어놓아 꽂았으며, 청학과 백학이 앞에서 길을 인도하고 봉황이 춤을 추며 부인을 맞이했다.

이윽고 가마에서 부인이 내려 섬돌에 오르더니 말했다.

“내 딸 심청아!”

심청이 이 목소리에 모친인 줄 알고 왈칵 뛰어나왔다.

---

* 흠향 영혼이 제물을 받아서 먹는다는 뜻

"어머니, 어머니, 나를 낳고 칠일 만에 돌아가셔서 지금껏 십오 년을 얼굴도 몰랐으니 세상에 깊은 한이 있었습니다. 오늘날 여기에 와서야 어머니를 만나는군요! 오던 날 아버지께 이를 말씀드렸다면 좋았을 것을. 나 보내시고 서러운 마음 위로하셨을 텐데요. 우리 모녀는 서로 만나 반가운데 외로운 아버지는 뉘를 보고 사실지요? 아버지 생각이 더욱 납니다."

부인이 울며 말했다.

"나는 죽어 귀하게 되어 인간 생각이 아득하기만 하구나. 네 아버지 너를 키워 서로 의지하다 너까지 이별하니 그 모습이 오죽하겠느냐. 내 너를 보니 이렇게 반가우나 네 아버지 너를 잃은 설움은 어찌할꼬. 가난에 시달려 많이 늙었을 텐데 그 모습은 어떠하냐? 십수 년 세월에 재혼은 했느냐? 뒷마을 귀덕 어미는 네게 잘해 주었느냐?"

심청에게 얼굴도 대 보고 손발도 만져 본다.

"귀와 목이 희니 네 아버지 닮았고, 손발 고운 것은 나를 닮았구나. 내가 끼던 옥가락지 네가 잘 끼고 청홍 실로 벌매듭 단 붉은 주머니도 네가 잘 찼구나. 아비 이별하고 이제야 어미를 다시 보다니 두 가지를 다 갖기는 어려운가 보다.

그러나 오늘 나를 다시 이별하고 너의 아버지 다시 만날지 어찌 알겠느냐? 내 광한전 맡은 일이 너무 분주해 오래 비워 두기 어려워 다시금 이별해야 한다. 슬프고 애달프나 내 마음대로 할 수 있

는 일이 아니니 한탄한들 어쩌겠느냐. 나중에라도 다시 만나 행복

할 날이 있으리라."

　부인이 떨치고 일어서니 심청이 붙들고 말릴 수가 없어 울며 하

직할 뿐이었다.

도화동에 나타난 뺑덕 어미

이때 심 봉사는 딸을 잃고 모진 목숨 죽지 못해 근근이 살아갔다. 도화동 사람들이 지극한 효성으로 물에 빠져 죽은 심청을 불쌍히 여겨 '타루비'*를 세우고 글을 지었다.

앞 못 보는 아버지를 위해
제 몸 바쳐 용궁으로 갔다네
만 리 출렁이는 파도에 마음만 떠 있으니
해마다 봄풀 새로운데 한은 끝이 없도다

강가에 오가는 사람들 중 비문을 보고 눈물 흘리지 않는 사람이 없었다. 심 봉사 또한 딸이 생각나면 그 비석을 안고 울었다.

* 타루비 눈물 흘리는 비석

동네 사람들은 심 봉사의 돈과 곡식을 착실히 늘려 주었다. 그런데 그 소문을 듣고 서방질* 잘하기로 이름난 뺑덕 어미가 심 봉사의 첩이 되겠다고 찾아왔다. 이 계집은 나쁜 버릇이 많아 한시도 가만히 있지 않았다. 쌀 내주고 떡 사 먹기, 베 판 돈 주고 술 사 먹기, 정자 밑에서 낮잠 자기, 이웃집에서 밥 먹기, 동네 사람에게 욕하기, 나무꾼들과 싸우기, 술 취해 한밤중까지 울기, 빈 담뱃대 들고 나가 아무에게나 담배 청하기, 총각 유인하기, 행실 나쁜 것이 한두 가지가 아니었다. 그러나 심 봉사는 여러 해 외롭게 지내다 부부가 된 처지라, 그 행실들을 모르고 가산만 점점 줄어들고 있었다.

어느 날 심 봉사가 생각다 못해 말했다.

"여보, 뺑덕이네. 남들이 다 우리 형편 착실하다고 하더니 근래에 어찌 된 일인지 도로 빌어먹게 되었소. 다 늙은 내가 다시 빌어먹자 하니 마을 사람에게 부끄럽고 신세도 한심하오. 어디 낯을 들고 다니겠소."

뺑덕 어미가 대답했다.

"봉사님, 여태 잡수신 게 다 무엇이오? 아침마다 해장하신다고 죽값이 여든두 냥이오. 저렇게 갑갑하다니까. 낳아서 키우지도 못한 애기 가진다고 살구는 어찌 그리 먹고 싶던지 살구값이 일흔석

---

* 서방질 남편이 아닌 남자와 정을 통하는 일을 낮잡아 이르는 말

냥이오. 저렇게 갑갑하다니까."

심 봉사 속은 타지만 헛웃음을 웃으며 말했다.

"야, 살구는 너무 많이 먹었다. 그러나 '계집이 먹은 것은 쥐가 먹은 것'이라 한다 했으니 따져 보아야 쓸데없다. 우리 살림살이 다 팔아서 다른 동네로 가세."

"그러고 싶으면 그럽시다."

이렇게 살림을 정리해 이고 지고 타향他鄕으로 떠돌이 생활에 나섰다.

연꽃이 맺어 준 인연

하루는 옥황상제께서 사해용왕에게 분부하셨다.

"심 소저가 부부의 인연을 맺게 될 기한이 가까워졌다. 인당수로 돌려보내 좋은 때를 놓치지 마라."

옥황상제의 분부를 받은 사해용왕이 심 소저를 보낼 준비를 했다. 큰 꽃송이를 마련해 두 시녀가 모시게 하고 아침저녁 먹을 것과 비단, 보물을 많이 넣고 옥화분에 고이 담아 인당수로 가려 하니, 사해용왕이 친히 나와 예를 갖추어 배웅하고 시녀들도 인사를 올렸다.

"소저는 인간 세상에 나아가셔서 부귀와 영화를 영원히 누리시옵소서."

심청이 대답했다.

"여러 왕의 덕으로 죽을 몸이 살아 다시 세상에 나갑니다. 이 은혜 잊지 않겠습니다. 시녀들과도 정이 많이 들어 섭섭하오나 이승과 저승의 길이 다르니 이별할 수밖에 없겠습니다. 수궁의 귀하신 몸 내내 평안하옵소서."

하직하고 돌아서니 순식간에 인당수에 꽃송이가 번듯 떠서 뚜렷이 물 위를 영롱하게 비추었다. 천신의 조화와 용왕의 힘으로 바람이 불어도 까딱없고 비가 와도 흐르지 않았다. 꽃봉오리에 오색구름이 어려 둥덩실 떠 있었다.

이때 남경 갔던 뱃사람들이 억십만 금 돈을 벌어 고국으로 돌아오는 길에 인당수에 도착했다. 배를 매고 제사상을 정갈하게 차려 용왕에게 제사를 지내며 이렇게 고했다.

"우리 일행 수십 명 몸에 나쁜 일 막아 주시고 소망을 이루어 주옵시니 용왕님의 덕택입니다. 한 잔 술로 정성을 드리오니 이 제물을 받아 주십시오."

그러고는 다시 제물을 차려 심청의 혼을 슬픈 말로 위로했다.

"하늘이 내린 효녀 심청은 늙으신 아버지의 눈 뜨기를 위해 열다섯 젊은 나이에 죽을 것을 자청해서 바닷속 외로운 혼이 되었으니 어찌 가련하고 불쌍하지 않은가. 우리 뱃사람들은 심 소저 덕분에 장사로 큰돈을 벌어 고국으로 돌아가나, 소저의 꽃다운 넋은 어느 날에 다시 돌아오리. 가는 길에 도화동 들러 소저의 부친 잘 계신지 살펴보겠소. 한 잔 술로 위로하니 영혼께서는 받으시옵소서."

제물을 풀고 눈물을 씻으며 한 곳을 바라보니 문득 한 송이 꽃봉오리가 바다 위에 둥실 떠 있었다.

뱃사람들이 의논했다.

"아마도 심청의 영혼이 꽃이 되었나 보다."

가까이 가서 보니 과연 심청이 빠졌던 곳이었다. 감동해서 꽃을 건져 내는데 크기가 수레바퀴만큼 크고 두세 명이 그 속에 앉을 법했다.

"이 꽃은 세상에 없는 꽃이다. 신비하고 기이하다."

뱃사람들이 귀하게 생각하며 싣고 오는데 배가 화살같이 빨리 갔다. 너댓 달 걸리던 길을 며칠 만에 도착하니 서로 신기하다고 했다.

억십만 금 넘는 재물을 나누어 가질 때, 도선주*는 무슨 마음인지 재물은 마다하고 꽃봉오리만 가져갔다. 그가 자기 집 깨끗한 곳에 단을 쌓고 꽃을 두니, 향기가 온 집안에 가득하고 아름다운 구름이 둘려 있곤 했다.

그때 송나라 천자께서는 황후가 세상을 떠나신 후 다음 부인을 간택하지 않으시고 여러 가지 화초를 상림원에 가득 심으셨다. 황극전 뜰 앞에도 여기저기 심어 두고 온갖 신기한 꽃과 화초들을 벗 삼아 구하시니 화초가 많기도 많다.

* 도선주 배를 여러 척 갖고 있는 사람 또는 그런 사람들의 우두머리

연꽃은 팔월의 군자요,

가을 물 연못에 가득한 것은 홍련화요,

달 뜨는 저녁 은근한 향기 그윽하게 소식 전하던 매화요,

'이는 모두 유랑 떠난 뒤 심은 것이네'* 라는 시구는 붉은 복숭아 꽃이요,

아름다운 손톱에 물들이려 금그릇에 넣고 찧는 것은 봉선화요,

'중양절 용산에서 마시는데 노란 국화 날 보고 웃는구나'* 할 때 그 국화요,

귀한 사람 즐겨 찾는 부귀한 꽃 모란화요,

'흰 배꽃 가득 떨어졌는데 문은 열리지 않네'* 라는 시구는 장신 궁에 핀 배꽃이요,

공자께서 칠십 제자 가르치던 살구나무 살구꽃이요,

천태산 들어가면 양쪽에 피어 있는 작약이요,

촉나라 망한 한을 못 이겨 피 토하며 울던 두견화요,

촉나라 국화, 흰 국화, 시월 국화요,

교화, 난화, 산당화요,

---

* 이는 모두 유랑 떠난 뒤 심은 것이네 당나라 시인 유우석이 지은 시의 한 구절
* 중양절 용산에서 ~ 보고 웃는구나 당나라 시인 이백이 지은 시의 한 구절. 중양절 은 음력 9월 9일로, 각 가정에서 국화전을 만들어 먹고 노는 명절이다.
* 흰 배꽃 가득 떨어졌는데 문은 열리지 않네 당나라 시인 송지문이 지은 시의 한 구절

장미꽃, 해바라기, 주작화, 금선화요,

능수화, 견우화, 영산홍, 자산홍이요,

왜철쭉, 진달래, 백일홍이요,

난초, 파초에 강진향이요,

그 가운데 전나무와 호두나무, 석류나무에 송백나무,

치자나무, 밤나무, 감나무, 행자나무,

자두나무, 사과나무, 오얏나무,

오미자, 탱자, 유자나무,

포도, 다래, 으름, 넝쿨

너울너울 각색으로 층층이 심어 두고

때를 따라 구경하시는구나.

향기로운 바람이 건듯 불면 우질우질 넘놀고 울긋불긋 떨어지며 벌, 나비, 새, 짐승이 춤추고 노래하니, 천자께서 마음을 붙이고 날마다 구경하셨다.

남경 뱃사람이 궁궐 소식을 듣고 문득 이렇게 생각했다.

'옛사람들은 벼슬을 그만두고 천자를 생각했으니 나도 이 꽃을 가져가 천자께 드린 후에 정성을 나누어야겠다.'

인당수에서 얻은 꽃을 궁궐 문 앞에 가져가 아뢰니 천자께서 반겨 황극전에 들여오게 했다. 직접 보시니 그 빛이 찬란해 해와 달이 비추는 듯하고 크기가 짝이 없으며 향기가 특별히 뛰어나 이 세상에 있는 꽃 같지가 않았다.

천자가 말씀하셨다.

"달빛 비치는 붉은 계단에 그림자가 뚜렷하니 계수나무꽃도 아니요, 신선의 연못에서 난 복숭아를 동방삭이 따 온 후 삼천 년이 못 되었으니 벽도나무꽃도 아니구나. 서역국에 연꽃씨가 떨어져 그것이 꽃이 되어 바다 위에 떠온 것인가?"

선녀가 하강해 온 것 같다고 해서 꽃 이름을 '강선화'라 하시고 자세히 보셨다. 꽃송이에 붉은 안개가 어려 있고 신비한 기운이 허공에 떠 있어, 그 아름다움에 크게 기뻐하셨다. 정원에 옮겨 놓자 모란화, 부용화가 다 그 아래에 있는 듯하고 매화, 국화, 봉선화는 모두 신하가 된 듯했다. 천자가 이때까지 아시던 모든 꽃을 다 버리고 이 꽃만을 사랑하셨다.

하루는 천자께서 당나라 옛일을 본받아 화청지*에서 목욕하시고 달을 바라보며 화단을 산책하시던 중이었다. 달빛이 온 정원에 가득하고 부드러운 바람이 불어오는데 강선화 봉오리가 문득 벌어지며 무슨 소리가 나는 듯했다. 몸을 숨겨 가만히 살펴보니 고운 선녀가 얼굴을 반만 들어 꽃봉오리 밖으로 내다보려다, 사람의 자취를 보고 얼른 도로 꽃을 닫고 들어갔다.

천자가 보시고는 깜짝 놀라 다시 움직이기를 기다렸지만 아무

---

* 화청지   중국에 있는 연못. 당나라 현종이 양귀비와 놀던 곳으로 알려져 있다.

리 서 있어도 낌새가 없었다. 가까이 다가가 꽃봉오리를 벌리고 보니 꽃 속에는 아름다운 소저 한 명과 시녀 두 명이 있었다. 천자께서 반기시며 물었다.

"너희가 귀신이냐, 사람이냐?"

시녀가 곧장 내려와 엎드려 여쭈었다.

"저는 남해 용궁의 시녀입니다. 소저를 모시고 바다로 나왔다가 갑자기 황제의 귀한 모습을 뵙게 되었으니 황공하옵니다."

천자가 속으로,

'옥황상제께서 좋은 인연을 보내셨구나. 하늘이 내린 복을 받지 않으면 때는 다시 오지 않는다. 배필로 삼아야겠다.'

하시고는 혼인을 정하셨다. 태사관에게 명해 좋은 날을 고르게 하니 오월 오일 갑자일이었다. 심청을 황후로 봉하고 길일이 다가오자,

"이는 만고에 없었던 일이다. 예의와 절차를 특별히 마련하라."

명하시니 그 위엄 또한 특별했다.

황제께서 잔치 자리에 나와 서고 꽃봉오리 속에서 두 시녀가 심청을 모시고 나와 섰다. 북두칠성이 좌우에서 모시는 별과 함께 나타난 듯 궁중이 다 휘황찬란해 바로 보기 어려웠다. 나라에 경사가 나자 천하의 죄인들을 사면하고 도선주에게는 무장 태수의 벼슬을 내리셨다. 조정의 모든 신하와 백성들이 만세를 부르며 기뻐했다.

심 황후의 덕과 은혜로 해마다 풍년이 들고 태평한 세상이 되었다. 이렇게 귀한 몸이 되었으나 황후의 마음에는 항상 부친을 근심하는 생각뿐이었다.

하루는 수심을 이기지 못해 옥난간에 나와 섰다. 가을 달이 밝게 비치고 귀뚜라미 우는 소리가 구슬프게 들려오자 아버지 생각이 깊어지는데 때마침 기러기가 울며 날아갔다. 황후가 반가운 마음에 말했다.

"오느냐, 저 기러기. 잠깐 머물러 내 말을 들어라. 오랑캐 땅에 붙잡혀 있던 한나라 소무가 편지 전한 그 기러기냐? 푸른 물가 흰 모래 이끼 긴 강가에 그리움 못 이겨 날아온 기러기냐? 도화동 우리 아버지 편지 매고 네가 오느냐? 이별한 지 삼 년인데 소식을 모르니 네가 편지를 좀 전해 다오."

방 안에 들어가 상자를 얼른 열고 종이와 붓을 꺼내는데 눈물이 먼저 떨어지니 먹물이 번지고 말이 앞뒤가 없었다.

아버님 슬하를 떠나 해가 세 번 바뀌었습니다. 그리워하며 쌓인 한이 바다같이 깊습니다. 그간 아버님 몸 건강하신지 그리는 마음 다 말씀드리기 어렵습니다. 불효녀 심청은 뱃사람을 따라가 하루에 열두 번 죽고 싶었으나 죽지 못했습니다. 대여섯 달을 물 위에서 자고 결국에는 인당수에 가서 제물로 빠졌습니다. 그런데 하느님이 도우시고 용왕이 구하셔서 세상에 다시 나와 이 나라 천자의 황후가 되어 부귀영화를 누리고 있습니다. 다만 마음에 맺힌 한 때문인지 부귀에 뜻이 없고 바라는 건 오직 아버지를 다시 뵙는 것입니다.

아버지께서 저를 보내고 걱정하실 줄 알았지만 죽었을 때는 혼이 막혀, 또 살았을 때는 여러 재앙에 막혀 천륜이 끊기고 말았지요. 그사이 눈은 뜨셨는지요. 마을에 맡긴 돈과 곡식으로 목숨은 잘 보존하셨는지요. 아버님 귀하신 몸 잘 보전하셨다가 곧 만나 뵙기를 천만 바라고 바랍니다.

연월일시 얼른 써서 나왔는데 기러기는 간데없고 아득한 구름 밖에 은하수만 기울어졌다. 다만 별과 달이 밝았고 가을바람이 선선했다. 할 수 없이 편지 집어 상자에 넣고 소리 없이 흐느꼈는데 황제가 들어와 얼굴의 눈물 흔적을 보셨다. 그 모습이 햇빛 아래 시드는 국화꽃 같으니 안타깝게 여겨 물으셨다.

"무슨 근심이 있으시기에 눈물을 흘리셨습니까? 황후의 귀함과 부유함은 천하의 으뜸입니다. 무슨 일로 그리 슬퍼하십니까?"

황후가 대답했다.

"사실 바라는 것이 있습니다만 감히 말씀드리지 못했습니다."

황제가 대답했다.

"무엇인지 자세히 말씀하소서."

심청이 꿇어앉아 여쭈었다.

"저는 원래 용궁 사람이 아니라 황주 도화동에 사는 맹인 심학

96

규의 딸입니다. 아비의 눈을 뜨게 하려고…"

뱃사람에게 몸이 팔려 인당수 물에 제물로 빠진 사연을 자세히 말씀드리니 이를 들은 황제가 말했다.

"왜 진작 말씀하지 않으셨습니까? 어렵지 않은 일이니 근심하지 마소서."

황후 심청, 맹인 잔치를 열다

다음 날 황제가 조정 대신들과 의논해 황주로 사람을 보내서 심학규를 부원군*으로 모셔 오라고 명을 내렸다. 황주자사가 명을 받고는 황제께 글을 올렸다.

"분명히 저희 주 도화동에 맹인 심학규가 있으나 일 년 전에 떠나 지금은 사는 곳을 모르게 되었습니다."

황후가 이 소식을 듣고는 깊이 탄식하며 눈물을 흘렸다. 황제가 위로하며 말했다.

"죽었으면 할 수 없으나 살아 있으면 만날 수 있을 것입니다. 설마 찾지 못하겠습니까?"

황후가 갑자기 생각이 나서 황제께 여쭈었다.

"저에게 한 가지 방법이 있습니다. 이 땅의 모든 백성이 왕의 신

---

* 부원군 왕비의 친아버지에게 내리는 벼슬 이름

하인데, 백성 중에 가장 불쌍한 사람은 홀아비, 과부, 고아, 늙은이입니다. 그중에 가장 불쌍한 이는 병든 사람이고 그중에서도 특히 맹인이 더하니 천하 맹인을 모두 모아 잔치를 하옵소서. 그들이 하늘과 땅, 해와 달과 별, 어둡고 밝은 것, 길고 짧은 것, 부모와 자식을 보아도 보지 못하는 원한을 풀어 주시옵소서. 그러면 그 가운데 혹시 저의 부친을 만날 수도 있으니 이는 저의 소망일 뿐 아니라 나라에 화목과 평화를 가져올 일 아니겠습니까? 어떠신지요?"

황제께서 이 말을 듣고 크게 칭찬하며,

"과연 여인 중의 요순임금이오. 그렇게 하시지요."

하고는 천하에 명을 내리셨다.

"사대부에서 서민에 이르기까지 맹인이라면 그 이름과 사는 곳을 각 읍에서 기록해 올려라. 그들이 모두 잔치에 참여하게 하라. 만일 맹인 하나라도 명을 몰라 참여하지 못하는 자가 있으면 그 도의 수령은 큰 벌을 받게 될 것이다."

황제의 명이 지엄하시니 각 도와 읍이 놀라고 두려워하며 급히 시행했다.

이때 심 봉사는 뺑덕 어미를 데리고 여기저기 떠돌아다니다가, 황성에서 맹인 잔치를 베푼다는 소식을 듣고 뺑덕 어미에게 말했다.

"우리도 세상에 났으니 황성 구경 한번 해 보세. 천 리 먼 길을 나 혼자 갈 수는 없으니 함께 가 보는 것이 어떻소?"

"그럽시다."

그날로 뺑덕 어미 앞세우고 며칠을 가서 한 마을에 도착해 주막에 묵었다. 그 근처에는 황 봉사라는 소경이 있었는데, 반쯤만 안 보이는 반소경으로 집안 형편도 넉넉했다. 뺑덕 어미가 행실이 나빠 서방질 잘한다는 소문을 듣고는 주막 주인과 짜고 뺑덕 어미를 갖가지로 꼬여 냈다.

뺑덕 어미 또한 생각하기를,

'막상 내가 황성에 가면 잔치는 못 들어갈 것이고, 돌아와도 예전보다 형편이 좋지 않으니 차라리 황 봉사를 따르면 말년 신세가 편하겠다.'

하고 심 봉사가 잠들기를 기다려 내빼기로 했다. 그러고는 심 봉사가 깊이 잠들자 두말없이 도망쳤다.

그날 밤, 심 봉사가 잠이 깨어 옆을 만져 보아도 뺑덕 어미가 없으니 손길을 내밀어 더듬으며 말했다.

"여보, 뺑덕이네. 어디 갔는가?"

끝내 아무 기척이 없고 윗목 구석에 고추 가마니가 있어 쥐가 바스락거리니 뺑덕 어미가 장난하는 줄 알고 심 봉사가 두 팔을 벌려 일어나며,

"나더러 기어 오라는 것인가?"

하고는 더듬더듬 기어가니 쥐란 놈이 놀라 달아났다.

심 봉사가 허허 웃으면서,

"이것, 요리 가는구나."

하고 이 구석 저 구석을 두루 쫓아다니다가 쥐가 영영 달아나고 없어지자 허튼 마음 가엾게도 속은 것을 알았다. 그래도 혹시 해서 주인에게 물었다.

"여보, 주인네. 우리 마누라 그 안에 있소?"

"그런 일 없소."

심 봉사가 그제야 달아난 줄 알고 혼자 탄식했다.

"여봐라, 뺑덕 어미, 날 버리고 어디 갔는가. 이 괘씸하고 고약한 계집아. 황성 천 리 멀고 먼 길을 뉘와 함께 가리오."

한참 울다가 손을 훨훨 흔들며 혼잣말했다.

"아서라, 내가 너를 다시 생각하면 세상 물정 모르는 코맹맹이 애송이다. 그런 나쁜 년에 정들였다 살림만 날렸으니 이게 모두 내 잘못이다. 누구를 원망하고 누구를 탓하리오. 착하고 어질던 곽 씨 부인 죽는 것도 보았고, 하늘이 내린 효녀 심청 생이별해 물에 빠져 죽는 것도 보았는데 저런 년을 다시 생각하면 내가 개아들놈이다."

그러다 날이 밝아 다시 길을 나서니 때는 마침 오뉴월이라. 더위는 심하고 땀은 등으로 흘러 시냇가에서 목욕을 하고 나왔는데 벗어 놓은 옷과 봇짐이 사라졌다. 강변을 두루 더듬더듬, 사냥개가 메추리 쫓아다니듯 사방을 더듬어 보았으나 아무 데도 없었다. 오도 가도 못하게 되자 심 봉사가 통곡했다.

"애고애고, 네 이놈, 도적놈의 새끼야. 어찌 내 것을 가져갔느냐.

많고 많은 부잣집 먹고 쓰고 남는 재물이나 가져가지, 눈먼 놈의 것을 갖다 먹고 네놈은 온전하겠느냐. 누구에게 밥을 빌며 누구라서 옷을 주리. 귀머거리 절름발이 다 각기 서럽다지만 천지 만물은 분별하고 알아보는데 어쩌다 나는 소경이 되었는고."

한창 이리 울며 탄식하는데, 이때 황성에 갔던 무릉 태수가 내려왔다.

"여봐라, 물렀거라. 어험! 저리들 비키거라!"

한창 이렇게 와자지껄 떨떨거리며 내려오니 심 봉사가 이 소리를 듣고는,

"옳다, 어디 관리가 오나 보다. 억지나 한번 써 보리라."

하고 독하게 마음을 먹고 앉았다. 그러다 태수 일행이 가까이 오자 두 손으로 급소를 거머쥐고 엉금엉금 기어들어 갔다. 좌우 나졸들이 달려들어 밀쳐 내니 심 봉사가 마치 유세라도 하는 듯 목청 크게 말했다.

"네 이놈들아! 나는 황성 가는 소경인데, 네 이름은 무엇이며 이 행차는 어느 고을 행차신지 썩 고해라!"

이를 보고 무릉 태수가 말했다.

"어디 사는 소경이고, 옷은 왜 벗었는가? 무슨 말을 하고자 하는가?"

심 봉사가 여쭈었다.

"나는 황주 도화동에 사는 심학규라 합니다. 황성으로 가는 길

에 날이 너무 더워 길을 갈 수가 없기에 잠깐 목욕하고 나와 보니 어느 못된 좀도둑이 의관과 봇짐을 모두 가져가 이러지도 저러지도 못하고 있습니다. 옷과 봇짐을 찾아 주시거나 따로 마련해 주옵소서. 안 그러면 잔치에 못 갈 테니 태수께서 특별히 살펴 주시기를 바라나이다."

태수가 이 말을 듣고 불쌍히 여기며 말했다.

"네 아뢰는 말을 들으니 문자를 좀 아는 것 같구나. 사정을 호소하는 글을 지어 올리면 옷과 노잣돈을 주겠다."

심 봉사가 대답했다.

"글은 좀 하나 눈이 어두우니 형방아전을 불러 받아 적게 해 주옵소서."

태수가 형방에게 분부해 써 주도록 하니 심 봉사가 하소연하는 글을 서슴지 않고 좌좌 지어 불렀다. 태수가 받아 보니 이런 내용이었다.

제가 하늘에 죄를 지어 받은 복이 야박한지라. 밝기로는 해와 달만 한 것이 없지만 두 눈이 어두워 보지 못하고, 즐거움은 부부만 한 것이 없지만 죽은 아내 다시 못 보니 한이로다. 일찍이 높은 벼슬 꿈꾸었으나 황혼 녘에 생각하니 한 일도 없이 머리만 세었네. 눈물로 옷깃 적시며 끝없는 한에 미간을 찌푸리는구나. 아침저녁으로 늙어 갈 뿐이니 노쇠함을 피부로 알겠고, 입에 풀칠하려 밥을 빌고 옷조차 몸을 못 가리네.

지금의 천자께서 거룩하게 명을 내려, 맹인 잔치 열어 시골 골짜기까지 그 빛이 비쳤으니 동서남북 사방으로 서울에서 시골까지 온 나라 가득이라. 갈 길은 멀기도 하다, 가진 것은 지팡이 하나뿐이요. 살림은 가난하구나, 가진 것은 바가지 하나뿐이네.

바깥 날씨 너무 더워 옛 성현 본받아 냇가에서 목욕하는데 의복과 봇짐을 백사장에서 잃어버리니 행인들 중에서 찾을 수가 없네. 내 신세를 생각하니 울타리에 막힌 양 같구나. 벌거벗은 몸은 대낮에 나온 도깨비 같고, 하얗게 질려 슬피 우니 그림자 없는 귀신이네.

엎드려 생각건대 어질고 밝은 관리시여, 화살에 맞은 새를 살려 주시고 마른 곳에 있는 물고기를 구해 주시오. 어려움을 도와주신다면 다시 태어나게 한 이 은혜를 칭송하리니, 밝게 살피시어 처분해 주옵소서.

태수가 글을 칭찬하고는 통인 불러 옷상자 열고 의복을 내주었다. 급창* 불러 가마 뒤에 달린 갓 떼어 주고, 수행하는 하인 불러 노잣돈을 주게 했다. 심 봉사가 또 말했다.

"신이 없어 못 가겠소."

---

* 통인, 급창 통인은 관아에서 잔심부름을 하는 아전, 급창은 원님의 명령을 큰 소리로 전달하는 일을 맡은 사내종이다.

"신이야 어쩌겠느냐? 하인의 신을 주려 해도 발을 벗고 가게 할 수는 없지 않느냐?"

그때 마침 하인들 중 마부질을 심하게 하는 놈이 있었다. 말 태운 손님 돈을 잘 뜯어내 말죽값도 많이 받아 내고, 신이 멀쩡해도 떨어졌다 하고 신값을 받아 말 궁둥이에 새 신을 하나 달고 다녔다. 원님이 그놈 행동을 괘씸히 여겨 그 신을 떼어 주라 하시니 급창이 달려들어 떼어 주었다. 심 봉사가 신까지 얻은 후 말했다.

"그 흉한 도적놈이 오동수복烏銅壽福 글자 새긴 새 김해 담뱃대를 가져갔으니 오늘 가면서 먹을 담뱃대도 없소."

"그러면 어쩌란 말인가?"

"글쎄 그렇단 말씀이오."

태수가 웃고는 담뱃대를 내주니 심 봉사 받아 가지고,

"황송하오나 담배 한 대 맛보면 좋겠소."

하니 태수가 방자 불러 담배를 내주었다. 심 봉사는 감사 인사를 하고 황성으로 길을 떠났다.

황성 가는 심 봉사와
안 씨 여인

길 가던 심 봉사가 울면서 말했다.

"도중에 어진 수령 만나 의복은 얻어 입었으나 길을 인도할 사람이 없구나. 어찌 찾아갈까!"

이렇게 탄식하다 한 곳에 도착했다. 나무 그늘 우거지고 풀이 무성하며, 앞 시냇가 버들은 푸른 휘장을 두르고 뒤 시냇가 버들은 초록 휘장을 둘러 서로 같이 펑퍼져서 휘늘어진 곳, 심 봉사 그 그늘에 앉아 쉬는데 온갖 새들이 날아든다. 날아가는 뭇 새들이 지저귀며 짝을 지어 쌍으로 오가면서 날아든다.

말 잘하는 앵무새, 춤 잘 추는 학두루미,

수오기 따오기며 청망산 기러기,

갈매기, 제비가 모두 다 날아들 때,

장끼는 낄낄, 까투리는 표푸두둥,

방울새 덜렁, 호반새 수루룩, 온갖 잡새 다 날아든다.

만수문 앞 풍년새며, 저 쑥국새 울음 운다.

이 산으로 가며 쑥국쑥국, 저 산으로 가며 쑥국쑥국.

저 꾀꼬리 울음 운다.

머리 곱게 빗고 물 건너로 시집가자.

저 까마귀 울고 간다.

이리로 가며 갈곡, 저리로 가며 꽉꽉.

저 집비둘기 울음 운다.

콩 하나 입에 물고 암놈 수놈 어르느라

둘이 혀를 빼어 물고 구루우구루우 어르는 소리 한다.

그때 심 봉사가 점점 들어가니 뜻밖에 목동 아이들이 낫자루를 손에 쥐고 지게목발 두드리며, 목동가를 노래하면서 심 봉사 보고 놀리는구나.

겹겹이 둘러싼 산속에 한 봉우리 높아 솟아 있고

푸른 산 푸른 물 일렁이며 깊어 있구나.

좁은 세상 넓은 바다 여기로다.

지팡이 잘 들고 천리 강산 들어가니

하늘 높고 땅 넓은 이 산중에 놀 만한 곳 많도다.

동쪽 언덕에 올라 조용히 산과 물 즐기고

맑은 시내에 이르러 시를 읊노라.

산천 기세 좋거니와 남해 풍경 그지없다.

좋은 경치 못 이겨 칼 빼어 높이 들고

푸른 물 푸른 산 그늘 속에 오락가락 내다보며

동서남북 산천들을 오가며 한번 바라보니

멀고 가까운 산마을 두세 집 저녁노을에 잠겼구나.

깊은 산에 숨은 선비 어디 있소, 물을 곳이 어렵도다.

무심한 것은 저 구름, 가을 맑은 물에 비친 봉우리에 어려 있다.

유유한 까마귀는 푸른 산속에 왕래하네.

송나라 시인 황정견 살던 황산곡은 어디인가.

진나라 시인 도연명 살던 오류촌은 여기로다.

춘추 시대 위나라 사람 영척은 소를 타고

당나라 시인 맹호연은 나귀를 탔네.

당나라 시인 두목지 보려고 백낙천변 내려가니

한나라 여행가 장건은 뗏목을 타고

당나라 신선 여동빈은 백로를 타고

맹동야 넓은 들에 와룡강변 내려가니

팔진도 축지법은 제갈공명뿐이로다.

이 산중에 들어오신 심 맹인이 분명하다.

이리저리 노닐면서 종일토록 즐기고

산과 물을 좋아하니 인의예지 하오리다.

솔바람으로 거문고 삼고 폭포로 북을 삼아

소소한 분별 다 버리고 흥에 겨워 노닐 적에

아침에 깬 술을 점심 지어 다 먹으며

피리를 손에 들고 자진곡 노래하니

진나라 때 세상 피했던 상산의 네 선비에

나까지 하면 다섯이요.

위진 남북조 때 세상 피했던 죽림의 일곱 선비에

나까지 하면 여덟이라.

고소성 밖에 있는 한산사의 밤 종소리가 여기로다.

시왕전에 경쇠 치는 저 노승아,

삼천 세계 극락전에 사람으로 환생하는구나.

아미타불 관세음보살 정성으로 외우는데

힘을 다해 마음 가라앉히고 옛사람을 생각하니

주나라 강태공은 위수에서 고기 낚고

유현덕과 제갈량은 남양 운중에서 밭을 갈고

이승기절 장익덕은 유리촌에서 얻어먹고

이 산중에 들어오신 심 맹인도 때를 기다리라.

목동들이 이렇게 심 봉사를 조롱하는 것이었다.

심 봉사가 목동 아이들 이별하고 조금씩 더듬어 나아갔다. 여러 날 만에 황성이 차차 가까워졌다. 낙수교를 지나가니 한 곳에 방아집이 있어 여러 여자들이 방아를 찧고 있었다. 심 봉사가 더위를 식히려고 방아집 그늘에 앉았다. 쉬고 있는데 사람들이 심 봉사를 보고 말했다.

"애고, 저 봉사도 잔치에 오는 봉사요? 요사이 봉사들이 한 시세 하는구려."

"그리 앉아만 있지 말고 방아라도 좀 찧지."

심 봉사가 마음속으로,

'옳지, 양반 댁 종이 아니면 상놈 아낙네로구나. 그러면 희롱이나 한번 해 보리라.'

하고 대답했다.

"천 리 타향에서 힘들게 올라오는 사람에게 방아 찧으라 하기를 내 집안 어른더러 말하듯 하시오? 무엇이나 좀 준다면 찧어 주지."

"애고, 그 봉사 음흉하여라. 주기는 무엇을 주어. 점심이나 얻어먹지."

"점심 얻어먹으려고 찧어 줄까."

"그러면 무엇을 주나? 고기를 줄까?"

심 봉사가 하하 웃으며 말했다.

"그것도 고기지. 고기지만 주기가 쉬울라고?"

"줄지 안 줄지 어찌 아나. 방아나 찧고 보지."

"옳지. 그 말은 반허락이로다."

방아에 올라서서 떨구덩떨구덩 찧으며 심 봉사가 말을 지어낸다.

"방아소리는 잘하지만 누가 알아주겠소."

여러 여종들이 그 말을 듣고 해 달라고 졸라 대니 심 봉사 견디지 못해 방아소리를 하는구나.

"어유아어어유아 방아요.

태고에 천황씨는 목덕木德으로 왕을 하시니 이 나무로 왕을 하셨는가.

어유아 방아요.

유소씨는 나무에 집을 지으니 이 나무로 집을 얽었는가.

어유아 방아요.

신농씨는 나무로 따비를 만들었으니 이 나무로 따비를 했는가.

어유아 방아요.

이 방아가 뉘 방아인가. 각 댁 하인들 가죽 방아인가.

어유아 방아요.

떨구덩떨구덩 허첨허첨 찧은 방아 강태공의 조작 방아.

어유아 방아요.

적적한 빈산의 나무를 베어 이 방아를 만들었네.

방아 만든 제도 보니 이상하고 이상하다.

사람을 본떴는가 두 다리를 벌려 내어

고운 얼굴에 비녀를 보니 한허리*에 찔렀네.

어유아 방아요.

길고 가는 허리를 보니 초패왕의 우미인 넋일런가.

그네 뛰고 놀던 발로 이 방아를 찧겠구나.

어유아 방아요.

머리 들고 있는 모습은 푸른 바다 늙은 용이 성내는 듯

머리 숙여 조아린 모습은 주란왕의 조아림인가.

어유아 방아요.

오고대부 죽은 후에 방아소리 끊겼는데

우리 임금 착하셔서 나라와 백성이 편안하네

하물며 맹인 잔치 고금에 없었으니

우리도 태평성대에 방아소리나 해 보세.

어유아 방아요.

한 다리 높이 밟고 오르락내리락하는 양과

실룩벌룩 삐쭉삐쭉 조개로다.

어유아 방아요.

얼씨구 좋을시고, 지화자 좋을시고."

흥에 겨워 이렇게 해 놓으니 여러 여종들이 듣고 깔깔 웃었다.

"애고, 봉사님, 그게 무슨 소리요. 자세히도 아네. 아마도 그리로

---

* 한허리 길이의 한가운데

나왔나 보오."

"그리로 나온 게 아니라, 해 보았지."

좌우에서 사람들이 손뼉을 치며 크게 웃었다.

그리저리 방아를 찧고, 점심을 얻어먹고, 봇짐에다 술 넣어 지고 지팡이를 척 짚고 나서며 말했다.

"자, 마누라들, 그리들 하오. 잘 얻어먹고 가네."

"어, 그 봉사 심심치 않아서 사람 참 좋네. 잘 가고 내려올 때 또 오시오."

심 봉사가 하직하고 성안에 들어가니 모두 다 소경들 세상이라 서로 딱딱 부딪혀 다니기 어려웠다.

그때 한 곳을 지나는데 어떤 여자가 문밖에 섰다가 말했다.

"거기 가는 게 심 봉사시오?"

"거기 누구요? 날 알 사람이 없는데 누가 나를 찾나?"

"여보시오, 댁이 심 봉사 아니오?"

"과연 그렇소. 어찌 아는고?"

"일이 있으니 거기 잠깐 머물러 계시오."

그러고 들어가더니 이윽고 나와 인도해 사랑방에 앉히고 저녁 밥을 내왔다. 심 봉사가 생각했다.

'괴이하다. 이게 무슨 일인가?'

차려 온 반찬 또한 보통의 것이 아니어서 밥을 달게 먹었다. 날이 저물어 황혼이 되니 그 여인이 다시 나와 말했다.

"여보시오, 봉사님. 나를 따라 안채로 들어갑시다."

심 봉사가 대답했다.

"이 집 바깥주인이 계신지 모르겠으나 어찌 남의 안채로 들어가겠소?"

"그냥 나만 따라오시오."

"여보시오. 무슨 병이 있어서 그러시오? 나는 병 물리치는 경 읽을 줄 모르오."

"쓸데없는 말씀 그만하고 들어가 보시오."

지팡이를 끌어당기니 끌려가며 의심이 나서,

'아뿔싸, 내가 아마도 보쌈을 당하나 보다. 어떡하나.'

하고 중얼거리며 대청마루에 올라가 자리에 앉았다.

동쪽에서 한 여인이 물었다.

"그쪽이 심 봉사시오?"

"어찌 아오?"

"아는 도리가 있소. 내 성은 안 씨입니다. 황성에서 살았지요. 불행히 부모님이 모두 돌아가시고 홀로 이 집을 지키고 있습니다. 지금 나이가 스물다섯인데 아직 시집을 못 갔습니다. 일찍이 점치는 법을 배워 배필 될 사람을 알아보았더니, 며칠 전 우물에 해와 달이 떨어져 물에 잠기는데 제가 그것을 건져 품에 안는 꿈을 꾸었지요. 해와 달은 사람으로 치면 눈인데 그것이 떨어졌으니 나처럼 맹인인 줄 알았습니다. 또 물에 잠겼으니 심 씨인 줄도 알았습니다. 그래서 아침 일찍 종을 시켜 문 앞에 지나가는 행인에게 차례로 물어 온 지 여러 날입니다. 하늘의 도움으로 이제야 만났으니 이 또한 연분인가 합니다."

심 봉사가 픽 웃으며 말했다.

"말이야 좋소만 그러기가 쉽겠소."

안 씨 맹인이 차를 권하며 말했다.

"어디 사셨습니까? 어떤 댁이십니까?"

심 봉사가 자기 신세 전후 사정을 낱낱이 말하며 눈물을 흘리니 안 씨 맹인이 위로하고는 함께 잠자리에 들었다. 사람은 둘, 눈은 넷이되 담배씨만큼도 보이지 않았으나 잠을 잘 자고 일어났다. 첫날밤이니 오죽 좋으랴만 심 봉사가 수심이 가득한 채 앉아 있으니 안 씨 맹인이 물었다.

"무슨 일이십니까? 기분이 좋지 않으시니 걱정이 됩니다."

"나는 본디 팔자가 좋지 않아 좋은 일이 있으면 항상 서러운 일이 생기곤 했소. 어젯밤 꿈에도 불길할 징조가 보였다오. 내 몸이 불에 들어가고 내 가죽을 벗겨 북을 메우고 또 나뭇잎이 떨어져 뿌리를 덮으니 아마도 나 죽을 꿈인가 싶소."

안 씨 맹인이 듣고,

"그 꿈 참 좋습니다. 꿈이 흉하면 좋은 일이 생긴다고 하지요. 제가 해몽해 드리겠습니다."

하더니 세수하고 향을 피웠다. 단정히 꿇어앉아 산통*을 높이 들고 기원하는 글을 읽었다. 그리고 점괘를 풀어 글을 지었다.

> 몸이 불 속에 들어가니
>
> 뛸 듯이 기쁠 일 있겠고
>
> 가죽 벗겨 북을 만드니
>
> '북 고鼓'자는 다섯 음 중 궁宮 소리라 궁에 들어갈 징조요
>
> 낙엽이 뿌리로 돌아가니
>
> 자손을 만나리라

안 씨가 말하기를,

"좋은 꿈이니 반갑습니다."

하자, 심 봉사가 웃으며 대답했다.

"속담에 '천부당만부당千不當萬不當'이라는 말이 있지요. 이제 내겐 자손이 없는데 누구를 만나겠소. 잔치에 참여하면 궁에 들어가고 관청 밥도 먹는 셈이니 그 말이구려."

안 씨 맹인이 또 말했다.

"지금은 내 말을 믿지 않겠지만 두고 보시오."

---

* 산통　점을 칠 때 쓰는 산가지(네 면에 음양을 표시한 나무 막대 여섯 개)를 넣은 통
* 천부당만부당　도저히 사리에 맞지 않는다는 뜻

반가운 마음에 두 눈 활짝,
모든 맹인 눈도 짝짝

아침밥을 먹은 뒤 대궐 문밖에 도착하니 벌써 맹인 잔치가 한창이었다.

이때 심 황후는 여러 날 동안 맹인 잔치를 하며 명부를 아무리 보아도 심 씨 맹인이 없어 혼자 탄식했다.

'이 잔치를 연 까닭은 아버님을 뵙자는 것이었는데 결국 뵙지 못하는구나. 내가 인당수에서 죽은 줄 아시고 애통해 돌아가셨나? 몽운사 부처님이 영험해 그사이 눈을 뜨셔서 맹인에서 빠지셨나? 그래도 오늘이 마지막 잔치이니 직접 가서 자세히 보리라.'

황후가 후원에 자리를 정하시고 맹인 잔치를 구경하며 맹인 명부를 올리게 해 옷을 한 벌씩 내어 주셨다. 모두 예를 올리며 받아 가는데, 명단에 들지 못한 맹인 하나가 우두커니 서 있으니 황후가 말했다.

"저 사람은 어떤 맹인이오?"

여상서[*]를 보내 물으니 심 봉사가 겁이 나서,

"저는 집이 없어 사방으로 밥을 빌며 떠돌아다니고 있습니다. 어느 고을에 산다고 할 수가 없어 명단에도 들지 못하고 제 발로 들어왔습니다."

하고 대답했다.

황후가 반가워하며 말했다.

"가까이 모셔라."

여상서가 명을 받고 심 봉사의 손을 끌어 별전으로 들어갔다. 심 봉사는 무슨 영문인지 몰라 겁을 먹고 더듬거리는 걸음으로 별전에 따라가 계단 아래 섰는데, 그 얼굴은 몰라보게 변해 있었고 머리에는 흰 머리카락이 듬성듬성했다. 황후도 삼 년을 용궁에서 지냈으니 부친의 얼굴이 얼른 기억나지 않아 물었다.

"처자식이 있소?"

심 봉사가 땅에 엎드려 눈물을 흘리며 말했다.

"여러 해 전 아내를 잃었고 초칠일이 못 지나서 어미 잃은 딸이 하나 있었습니다. 제 눈이 어두운 중에도 어린 자식 품에 품고 동냥젖 얻어먹여 겨우 길러 내니 점점 자라며 효행이 뛰어나 옛사람보다 더했지요. 그런데 요망한 중이 와서 공양미 삼백 석을 시주하면 눈을 뜬다고 했습니다. 제 딸이 듣고 '어찌 아비 눈 뜨리란 말

---

* 여상서 여자 상서. 상서는 벼슬 이름이다.

을 들고 그냥 있으라' 하고는, 달리 마련할 길이 없으니 아비도 모르게 남경 뱃사람들에게 몸을 팔아 인당수의 제물로 빠져 죽었습니다. 그때 나이 열다섯이었습니다. 눈도 뜨지 못하고 자식만 잃었으니 자식 팔아먹은 놈이 세상에 살아 쓸데없습니다. 죽여 주옵소서.”

황후가 눈물을 흘리며 그 말씀을 자세히 들으니 분명 부친임을 알 수 있었다. 심 봉사가 말을 마치자마자 황후가 버선발로 뛰어 내려와 아버지를 안고 말했다.

“아버지, 제가 인당수에 빠져 죽었던 심청이에요.”

심 봉사 깜짝 놀라,

“이게 웬 말이냐?”

하더니 어찌나 반갑던지 뜻밖에 두 눈이 갈라 떨어지는 소리가 나면서 활짝 밝았다. 그 자리에 가득 모였던 맹인들이 심 봉사 눈 뜨는 소리에 일시에 눈들이 헤번덕, 짝짝. 까치 새끼 밥 먹이는 소리 같더니 모든 소경이 밝은 세상을 보게 되었다. 집 안에 있던 소경, 집 밖에 있던 소경, 남자 소경, 여자 소경도 다 눈이 밝았으며, 배 안의 맹인, 배 밖의 맹인, 반소경, 청맹과니*까지 모조리 다 눈이 밝게 뜨였다.

심 봉사가 반갑기는 반가우나 눈을 뜨고 보니 도리어 처음 보는

---

* 청맹과니 겉으로 보기에는 눈이 멀쩡하나 앞을 보지 못하는 사람

얼굴이었다. 딸이라 하니 딸인 줄 알지만 한 번도 보지 못한 얼굴이니 알 수가 있는가. 그래도 너무 좋아 춤을 추며 노래한다.

"얼씨구절씨구 지화자 좋을씨구.

홍문연 높은 잔치에 항우가 아무리 춤을 잘 춘다 해도 내 춤 어찌 당하며

한나라 고조가 말 위에서 천하 얻을 때 칼춤 잘 춘다 해도 내 춤 어찌 당하리.

어화 백성들아, 아들 낳기를 힘쓰지 말고 딸 낳기를 힘쓰시오.

죽은 딸 심청이를 다시 보니 양귀비가 환생했나, 우미인이 환생했나.

아무리 보아도 내 딸 심청이로구나.

딸의 덕으로 어두운 눈을 뜨니 해와 달이 다시 밝아 더욱 좋도다.

상서로운 별이 뜨고 신비한 구름이니 모든 대신들이 화답해 노래한다.

요순임금의 태평한 세상 다시 보니 해와 달이 거듭 빛난다.

아들 낳기보다 딸 낳기 힘쓰라는 말은 나를 두고 한 말이로다."

무수한 소경들도 영문 모르고 춤을 춘다.

"지화자 지화자 좋을시고 어화 좋구나.

세월아, 세월아, 가지를 마라.

돌아간 봄 또다시 돌아오건마는

우리 인생 한번 늙어지면 다시 젊기 어려워라.

옛글에 이르길 '좋은 때는 얻기 어렵다' 했으니

만고 명현이신 공자 맹자 말씀이라.

우리 인생에 무슨 일이 있으랴."

노래를 하고는 서로서로 만세를 부르더라.

그날로 심 봉사에게 관리의 예복을 내려 임금과 신하의 예의로 인사를 올리게 하고, 내전에 들어가 여러 해 쌓인 회포를 풀게 했다. 안 씨 맹인의 일까지 낱낱이 하니, 황후가 들으시고 비단 가마를 보내 안 씨를 모셔 들여 부친과 함께 계시게 했다.

천자께서는 심학규를 부원군으로 봉하시고 안 씨를 정렬부인으로 봉하셨다. 장 승상 부인에게는 특별히 많은 금은을 내리셨다. 또 도화동 마을 사람들의 부역을 면제해 주시고 많은 재물을 상으로 내려 동네를 구하라 하시니, 도화동 사람들이 하늘과 바다와 같은 은혜라고 칭송하는 소리가 천하에 진동했다.

무릉 태수를 불러 예주 자사로 승진시키시고 황 봉사와 뺑덕 어미를 즉시 잡아들이라 분부하시니, 예주 자사가 삼백육 개의 관에 공문을 보내 그들을 잡아 올렸다. 부원군이 관청 누각에 자리 잡고 앉아 황 봉사와 뺑덕 어미를 꾸짖었다.

"네 이 괘씸한 년, 세상 구분 못하는 맹인을 두고 딴 남자를 얻어 가는 건 무슨 심보냐?"

뺑덕 어미가 대답했다.

"역촌에서 주막을 하는 정연이라 하는 사람의 계집에게 꾀여 그랬습니다."

부원군이 더욱 화가 나서 뺑덕 어미를 능지처참한 뒤 황 봉사를 불러 꾸짖었다.

"네 이 괘씸한 놈아. 너도 맹인이지? 남의 아내 유인해 가면 너는 좋겠지만 그 봉사는 어찌 하느냐? 세상에 '꽃을 탐하는 미친 나비'라는 말도 있지만 그럴 수가 있느냐. 마땅히 죽일 일이지만 특별히 귀양을 보내겠다. 후세 사람이 이런 불의한 일을 본받지 못하게 하려는 것이다."

조정의 모든 관리와 천하 백성이 그 덕을 칭송했다.

"자손이 번성하고 천하에 나쁜 일이 없으며, 심 황후의 덕이 온 세상을 덮어 만세 만세 억만세를 계속 이어 끝도 한도 없기를 엎드려 비옵니다."

황후가 천자께 여쭈었다.

"이러한 즐거움은 다시없을 것입니다. 축하하는 잔치를 베풀어 주옵소서."

황제가 옳게 여겨 천하 명기 명창을 다 불러 황극전에 자리하게 하고 조정의 모든 관리를 모아 즐기셨다. 천하 제후들이 와서 세상의 진귀한 보물을 바치고 이름 높은 명기 명창들을 거의 다 모았으니, 태평성대 만난 백성들이 곳곳에서 춤추며 노래했다.

> "하늘이 내린 효녀 우리 황후
> 높으신 덕 사방에 덮였으니
> 요순임금 시절 같은 태평성대에
> 거리마다 노래 부르는 즐거움을 누리네.
> 바닷물로 태평주 빚어 그대와 함께 취해 천만년을 즐겨 보세.
> 이러한 태평성대 잔치에 누가 아니 즐길쏘냐."

이렇게 노래할 때 천자와 부원군이 황극전에 자리를 잡으셨다. 뛰어난 예인*들을 불러 노래하고 춤을 추며 사흘간 크게 잔치를 여시고는, 천자와 황후와 부원군이 다 각기 거처로 돌아갔다.

---

* 예인 여러 기예를 닦아 남에게 보이는 일을 직업으로 하는 사람

심청 부녀 뒷이야기

이때 황후와 정렬부인 안 씨가 같은 해 같은 달에 잉태해 둘 다 아들을 낳았다. 황후가 어진 마음으로 자기 일은 접어 두고 아버지의 득남 소식을 천자께 먼저 아뢰니, 천자가 비단과 금은보화를 내리고 관리를 보내 축하하셨다. 부원군이 팔십을 바라보는 늦은 나이에 아들을 낳아 기쁜데 황제께서 하례 선물을 내리시니 황공하고 감사해 절을 했다. 이 소식을 들은 황후가 더욱 기뻐하며 또 금은보화를 보내 하례하니 부원군이 별궁에 들어가 황후를 뵈었다. 황후 또한 아들을 낳았으니 즐거운 마음을 말로 다할 수 없었다. 황후가 부친의 손을 잡고 옛일을 생각하며 한편 기뻐하고 또 한편 슬퍼했다.

부원군이 집에 돌아와 계단에 이르니 천자가 기뻐하며 칭찬하셨다.

"들으니 경이 늘그막에 귀한 아들을 얻었고 게다가 짐의 태자와 같은 해, 같은 월에 태어났으니 어찌 아니 반갑겠소. 아이가 뛰어나면 나중에 나랏일을 맡기겠소."

부원군이 여쭈기를,

"예전에 공자께서는 '아들 낳기가 어려운 것이 아니라 기르기가 어렵고, 기르기 어려운 것이 아니라 가르치기 어렵다'고 하셨습니다. 훗일을 기다려 보시지요."

하고 물러나 아이의 기상을 보니 모습이 활달하고 골격이 맑고 빼어났다. 이름은 태동이라 했는데 자라서 열 살이 되니 총명하고 지혜로움이 비할 사람이 없었다. 시서와 음률에도 능통했다.

세월이 물 흐르듯 흘러 태자의 나이 열세 살이 되었다. 황후께서 태자의 혼인을 준비하며 같은 달 같은 날에 외삼촌 태동의 혼사를 함께하기를 황제께 청했다. 황제가 기꺼이 허락하며 널리 신붓감을 알아보셨다. 마침 좌각로 권성운이 딸을 두었는데 덕행과 재주, 기질과 인물이 모두 훌륭했다. 또 연왕이 딸 하나를 두었는데 안양 공주라 했고 모든 면이 뛰어나며 민첩했다. 천자께서 명을 내려 연왕과 권성운을 궁에 불러 구혼하시니 공주와 소저가 모두 열여섯 살 동갑이었다. 두 사람이 기꺼이 허락하니 이렇게 하교하셨다.

"권 소저를 태자의 배필로 하고, 연왕의 공주를 태동의 배필로 하겠소. 어떠하오?"

좌우 대신들이 모두 옳다고 답하니 황후와 부원군과 온 조정이 기뻐했다.

즉시 날을 정하니 삼월 보름날이었다. 길일이 되어 큰 잔치를 열었다. 각 지방의 제후와 조정의 모든 신하가 차례로 둘러섰고 두 부인은 삼천 궁녀의 호위를 받았다. 해와 달같이 훤칠한 두 신랑은 북두칠성처럼 빛났고, 곱디고운 두 신부는 아름다운 예복에 온갖 패물로 치장하고 화관을 썼다. 삼천 궁녀 중 으뜸가는 미녀들이 두 낭자를 좌우에서 모시니 월궁항아도 이보다 더 화려할 수 없었다. 비단으로 짠 넓은 휘장을 허공에 높이 치고 혼인 자리에 나아가니 그 모습을 말로 다할 수가 없었다.

두 신랑이 혼례를 마친 후 각기 처소로 나아갔다. 동방화촉 첫날밤에 원앙이 시냇물을 만난 듯 맑은 정으로 은은히 밤을 지내고 태자가 장인을 먼저 뵈니 권 각로 부부가 말할 수 없이 즐거워했다.

태동 또한 연왕 부부에게 인사를 올렸다. 연왕 부부가 크게 반기며 기뻐했다. 즉시 태자에게 연락해 조정에 인사를 올렸다. 천자가 즐거워하며 부원군을 들게 해서 같이 신혼부부의 인사를 받으셨다. 그리고 온 조정의 관료들에게 명하셨다.

"짐이 진작 태동을 조정에 들이고자 했으나 장가들기 전이라 관직을 내리지 않았소. 이제 벼슬을 주고자 하는데 경들의 생각은 어떠하오?"

문무백관이 아뢰었다.

"인물이 출중하오니 즉시 벼슬을 내리소서."

천자가 태동에게 한림학사 겸 간의대부 도훈관에 이부시랑 벼슬을 내리시고 부인은 왕렬부인에 봉하며 금은과 비단을 많이 내린 후 말씀하셨다.

"경이 전에는 공부하는 서생이라 나랏일을 돕지 않았으나 오늘부터는 나라의 녹을 받는 신하라. 힘을 다해 국정을 도우라."

시랑이 공손히 절하고 물러나 모친을 뵈니 즐겁고 반가운 마음을 어찌 다 형언하리오. 별궁에도 들어가 황후께 인사를 올리니 황후가 기뻐하며 물었다.

"신부가 어떠하던가?"

"정숙했습니다."

황후가 또 물었다.

"오늘 천자를 뵙고 무슨 벼슬을 받았는가?"

"이러이러했습니다."

황후가 더욱 즐거워 태자와 시랑을 데리고 종일 함께한 후에 저녁이 되고서야 자리에서 일어나며 말했다.

"어서 신부를 데려가거라."

"어서 데려가 부모님께서 영화를 보시게 하겠습니다."

황후가 크게 기뻐했다.

"내 말 또한 그런 뜻이었다."

며칠 뒤 부원군이 날을 잡아서 왕렬부인을 시집으로 맞아들였다. 며느리가 시부모 두 분 앞에 예를 갖추어 뵈니 부원군과 정렬부인이 금과 옥같이 사랑하시며 별궁을 새로 지어 거처하게 했다.

한림이 낮이면 나랏일을 보고 밤이면 도학*에 힘쓰니 높은 관리들부터 선비에서 백성에 이르기까지 칭찬하지 않는 이가 없었다. 그렇게 한림의 나이 이십 세가 되었다. 천자가 한림의 명망과 도덕을 조정 대신들에게 물으시고는 그를 불러들여,

"내가 들으니 경의 명망과 도덕이 온 나라에 진동하오. 어찌 벼슬을 아끼겠는가?"

하시고 그 직위를 높여 이부상서 겸 태학관을 시키시고 태자와 함께 공부하게 하셨다.

또 그 아버지의 직위를 높여 남평왕으로 봉하시고 정렬부인 안씨를 인성왕후에 봉하시며 그 아내는 왕렬부인 겸 공렬부인에 봉하셨다. 이들이 모두 천자의 은혜에 감사하며,

"우리가 무슨 공이 있어 이런 벼슬을 하는가?"

하고 밤낮으로 황제의 은혜를 칭송했다.

이때 남평왕의 나이가 팔순이 되었는데 우연히 병을 얻으니 온갖 약이 다 효험이 없었다. 심 황후의 어진 효성과 부인의 착한 마음으로 지극히 간호했으나 칠일 만에 세상을 떠났다. 온 집안이 슬퍼하고, 또한 황후께서 애통해하시며 이를 아뢰니 천자가 말씀하

* 도학 유교 도덕에 관한 학문

셨다.

"인간 세상에 팔십까지 사는 것은 예부터 드문 일이오니 너무 슬퍼하지 마소서."

명릉 후원에 왕의 예법에 맞게 안장하고 황후는 삼 년 상복을 입도록 명하셨다. 부원군이 젊은 시절 고생하던 일을 생각하면 무슨 여한이 있으리오.

어화, 세상 사람들아. 예와 지금이 다르겠는가. 부귀영화 누린다고 사람 무시하지 마시오. '기쁨이 다하면 슬픔이 오고, 괴로움이 다하면 즐거움이 온다'는 말은 사람마다 있는 일이라. 심 황후의 어진 이름은 길이길이 전해지리라.

경판 24장본

거듭되는 불행

　명나라 때 남군이라는 땅에 한 선비가 있었다. 그의 성은 심이요, 이름은 현이니, 본래 명문 가문이었으나 벼슬에 뜻을 두지 않고 이름난 선비로 지냈다. 부인 정 씨는 높은 가문의 딸로 타고난 성품이 너그럽고 용모가 아름다웠다. 부부가 함께 산 지 십여 년 동안 부족함이 없으되, 다만 슬하에 자식이 없어 늘 슬퍼했다. 그런데 부인이 문득 신기한 꿈을 꾸고는 태기가 있더니 열 달 만에 딸을 낳았다. 부부가 아들이 아님을 아쉬워하면서도 아이의 모습이 남다른 것을 보고 이름을 청淸, 자字*를 몽선夢仙이라 하고는 귀한 보물처럼 사랑하며 길렀다.

　청이 자라 세 살이 되니 용모가 아름답고 재주가 뛰어나며 효성스러웠다. 그러나 기쁨이 다하면 슬픔이 돌아옴은 정해진 일인지,

---

＊　자　원래 이름 대신 부르는 이름

정 씨가 갑자기 병을 얻어 세상을 떠나고 말았다. 공이 예법을 갖추어 장례를 치르고, 딸을 품고 밤낮으로 슬퍼했다. 청이 또한 어머니를 부르며 애달피 우니 그 부녀의 모습은 차마 보지 못할 지경이었다.

공의 살림살이도 날이 갈수록 기울었다. 몸마저 병들어 자리에 눕게 되었는데 또 눈병을 얻더니 몇 달이 못 되어 가까운 곳도 분별할 수 없게 되었다. 그러니 형편이 더욱 어려워져 약간 남았던 재산을 다 팔아 생계를 이었다. 심청이 점점 자라며 아버지가 굶는 모습을 보고는 자기가 동네를 다니면서 밥을 빌어 부친의 끼니를 마련했다. 그 모습을 마을 사람 모두가 가련히 여겨 도움을 아끼지 않았다.

하루는 심청이 나가 늦도록 돌아오지 않자, 공이 배도 고프고 걱정이 되어 막대를 짚고 사립문에 의지해 기다렸다. 그러다 조금씩 길을 나서 심청을 찾았는데 문득 발을 헛디뎌 구렁텅이에 빠지고 말았다. 움직이지 못한 채 위급한 지경이 된 것을 한 노승이 지나가다 보고 구해 주고는 물었다.

"그대는 불편한 몸으로 어딜 가다가 이런 봉변을 당하셨소?"

공이 울며 말했다.

"나는 앞을 못 보는 사람이오. 자식이 나가 돌아오지 않기에 혼자 더듬거리며 나왔다가 하마터면 죽을 뻔했소. 그대의 도움으로 살았으니 은혜가 태산과 같소."

노승이 말했다.

"소승은 명월산 운심동 개법당의 화주승이오. 마을에 내려와 시주를 다니는데 우연히 이곳을 지나다 어르신을 구했군요. 어르신 관상을 보니 지금은 가난하나 사오 년 뒤에는 왕후장상王侯將相[*]이 될 것이요, 딸의 부귀영화가 천하의 으뜸이 될 것입니다. 지금 크게 시주를 하면 따님도 귀하게 될 뿐 아니라 어르신의 감긴 눈도 뜨일 것이오."

[*] 왕후장상　제왕, 제후, 장수, 재상

공양미 삼백 석

공이 물었다.

"시주를 얼마나 해야 합니까?"

노승이 답했다.

"개법당 시주는 공양미가 제일이니 쌀 삼백 석 대시주를 해야 할 것입니다."

공이 말하기를,

"시주 책에 쌀 삼백 석을 적으시오."

하고 집으로 돌아오려는데 노승이 합장하고 인사하며 말했다.

"며칠 후 다시 오겠습니다."

공이 돌아와 탄식하며 슬퍼했다.

"내가 앞 못 보는 사람이 되어 한 끼 먹을 것도 마련하지 못해 어린 자식이 양식을 구걸해 먹고사는데, 어디서 삼백 석을 얻어 시주하겠는가? 부처님을 속이면 분명 좋지 못할 것인데 할 수 없이 속이게 되었으니 지옥 가기를 면치 못하겠구나."

청이 양식을 구해 가지고 와서는 부친이 슬퍼함을 보고 물었다.

"오늘은 서쪽 부잣집에 가서 방아를 찧어 주고 양식을 얻어 오느라고 늦었습니다. 아버님이 이렇게 슬퍼하시니 다 제 효성이 부족한 탓입니다."

공이 눈물을 거두고 말했다.

"요사이 마음이 슬프고 팔자가 사나운 것이 뼈에 사무치게 분하고 서럽더구나. 오늘은 문을 나서 네가 간 곳을 바라보며 더듬어 가다가 그만 구렁에 빠져 거의 죽을 뻔했다. 길 가던 화주승이 도와주어 살았지.

그런데 그 중이 말하기를, 내가 앞 못 보는 것도 전생의 죄요, 구걸하며 얻어먹는 것도 전생의 죄니, 쌀 삼백 석을 시주하면 눈이 뜨이고 너의 일생도 크게 귀해진다 하더구나. 내 문득 착한 일을 하고 싶은 마음에 삼백 석을 시주 책에 적으라 했다. 그러나 돌아와 생각하니 돈 한 푼, 쌀 한 되 없는 우리가 어떻게 이런 시주를 한단 말이냐. 부처님을 속이게 되었으니 앞으로 큰 화를 당하겠다 싶어 슬퍼하고 있었다."

심청이 듣고 나서 아버지를 위로했다.

"아버지, 슬퍼하지 마셔요. 지성이면 감천이라 합니다. 정성으로 시주하고 싶어 그러셨으니 부처님이 도우실 것입니다. 너무 걱정하지 마소서."

그러고는 나가서 저녁을 차려 권했으나 공이 먹지 않고 길게 탄식하며 눈물만 흘렸다.

청이 걱정스러운 마음에 부드러운 목소리로,

"하느님이 우리 사정을 밝게 살펴 주실 것입니다. 아버지 정성에 하늘과 땅, 해와 달이 다 감동하실 것이니 너무 근심하지 마셔요."

하며 온갖 말로 위로는 했으나 사실 매우 난처한 일이었다. 천 가지, 만 가지를 생각하다 한밤중이 되자 심청이 목욕재계하고 뜰에 자리를 펴 놓고는 하늘을 우러러 빌었다.

"저 심청은 앞 못 보는 아버지를 위해 죽기를 피하지 않습니다. 감은 눈을 뜨시도록 부처님께 시주하고자 하나 삼백 석 쌀을 구할 방법이 없어 부처님을 속인 죄를 받게 되었으니, 천지신명은 살펴 소서."

밤새도록 자신의 뜻이 이루어지기를 기도하고, 방으로 돌아와 탄식하던 중 겨우 잠이 들었는데 꿈에 한 노승이 나와 이렇게 말했다.

"내일 그대를 사자는 사람이 있을 것이다. 팔려 죽을 곳을 가도 피하지 마라. 네 효성에 하늘이 감동하면 죽을 곳에 곧 귀한 일이 있으리라."

말을 마치고는 문득 간데없으니 다만 꿈이었다. 마음속으로 크게 이상히 여기며 무슨 일이 있을지 기다렸다.

남경 상인을 찾아가다

그때 남경 상인들이 북경과 여러 나라를 왕래하고 다니며 물건을 파는데 해마다 큰 바다를 건너야 했다. 그들이 지나가는 유리국 지역에 인단소라는 물이 있고, 그 물에 사나운 귀신이 있어 보물과 비단을 많이 실은 배는 물의 신께 사람을 바쳐 제사를 지내야만 무사히 지나갈 수 있었다. 그래서 해마다 처녀를 사다가 인단소에 제물로 바치곤 했다.

마침 그들 중 한 사람이 와서 마을마다 사람을 사겠다고 외치며 다니니 심청이 듣고 기뻐하며 급히 나가 물었다.

"나 같은 사람도 사려 하시오?"

그 사람이 눈을 들어 심청을 보니 모습이 세속 사람과 같지 않았다. 두 눈이 샛별처럼 밝고 두 눈썹은 봄 산을 그린 듯하고 입술은 붉은 연지를 찍은 듯했다. 귀는 오뚝 솟았고 어깨는 나는 제비 같으며 가는 허리는 비단으로 묶은 듯했다. 용모가 빼어나 세상에서 보기 드물고 타고난 아름다움이 완전했다. 그러나 옷은 다 떨어져 겨우 살을 가릴 정도에 몸은 야위었고 흐트러진 머릿결 사이로 보이는 표정은 근심에 싸여 있었다. 그 모습이 마치 좁은 구멍에 있는 다람쥐가 거센 바람을 맞아 움츠린 듯했고, 낭랑한 음성은 깊은 호수에서 어린 봉황이 울고 있는 것 같아 애처로웠다. 가난한 시골에서 자라나 외진 곳으로 바삐 돌아다니는 상인이 이런 절색 미인을 어찌 보았으리오. 그가 놀라 급히 절하며 말했다.

"우리는 물건을 매매하는 장사꾼이오. 처녀를 높은 값으로 사서 인단소의 용왕께 제사를 드리려 하지요. 사람의 목숨을 바치는 것이 좋은 일은 아니나 살기 위한 일이라 어쩔 수가 없다오. 그런데 지금 낭자의 말씀이나 용모를 보면 이런 일을 당할 분이 아닌데 어찌 자신을 팔려고 하시오?"

심청이 눈물을 흘리며 말했다.

"내 팔자가 기구하나 이럭저럭 살았는데 갈수록 운명이 사납고 복이 없어 부친이 앞을 못 보시게 되었소. 자식 된 도리로 뼈에 사무치게 슬펐는데 얼마 전 노승이 지나가다 쌀 삼백 석을 시주하면 눈을 뜨겠다고 하더군요. 부모님을 위한 도리라면 물과 불에라도 뛰어들어야 하지 않겠소? 몸을 팔아 죽는대도 아버지가 다시 세상을 보실 수 있다면 즐겁게 귀신이 되겠습니다. 바라건대 삼백 석을 주고 나를 사 가시지요."

장사꾼이 이 말을 듣고 그 형편을 안쓰럽게 여기며 지극한 효성을 칭찬했다.

"나는 낭자를 사야겠지만, 낭자의 효성이 지극하니 나무나 돌이라도 감동할 것입니다. 내 마음대로라면 삼백 석 쌀을 그저 두고 가도 아깝지 않소. 그러나 이는 여러 사람이 걸린 일이니 돌아가서 의논한 후 쌀을 싣고 오겠습니다."

심청이 허락하고 들어가 부친을 잠시 속여 말했다.

"건넛마을 어느 어른 댁에 자식이 없어서 늘 저를 사랑하시며 양식을 후하게 주셨습니다. 이제 제가 그 댁에서 삼백 석 쌀을 받고 저를 팔아 공양미를 시주하기로 했습니다. 화주승이 언제 온다고 하셨지요?"

공이 이 말을 듣고 한편으로는 다행이나 한편으로 딸이 남의 집에 갈 일을 생각하고는 가슴이 터질 듯해 눈물을 흘리며,

"네 말대로라면 부처를 속이지 않아도 되니 참으로 다행이다. 그러나 너를 남에게 많은 돈을 받고 파는 것이니 잠시도 내 곁에 있지 못하겠구나. 내 홀로 누굴 의지하고 살겠느냐?"

하고는 슬피 울었다.

청이 부친을 속이면서도 간담이 찢어지는 듯해,

'내가 살아 먹고 입는 것이 넉넉한 곳에 간다 해도 저렇게 슬퍼하시는데 죽으러 간다고 하면 어쩌실꼬. 분명 더 살지 못하실 것이다. 살아서나 죽어서나 이런 불효가 어디 있으리오.'

하고 생각하며 눈물을 흘려 강물에 보태었다.

이윽고 장사꾼들이 쌀을 싣고 돌아왔다. 때마침 화주승이 문밖에서 뵙기를 청하니 심청이 장사꾼들에게 받은 쌀을 내드렸다. 화주승이 답례를 하고 쌀을 실어 돌아가자 심청이 장사꾼들에게 물었다.

"어느 날 나를 데려가십니까?"

장사꾼들이 말했다.

"칠월 삼일에 떠나려 합니다."

심청이 가만히 앉아 생각하니 죽을 날이 며칠 남지 않은지라 하늘을 우러러 생각했다.

'내가 있어도 한나절만 늦으면 물 한 모금 떠 드릴 사람이 없어 아버님이 나를 기다리시는데, 나 죽으면 누가 우리 부친을 돌보아 드릴까. 분명 오래가지 못해 굶주려 돌아가실 텐데 이 일을 어찌하리.

슬프다! 내가 세상에 태어난 지 열세 해인데 어머니 얼굴을 알지 못하고, 몸이 불편한 우리 부친을 모셨으나 배부르게 봉양하지도 못했다. 여름 겨울 의복을 갖추지 못해 옷에는 깃이 없고 치마폭도 짧은 채 지냈지만 오직 아버지만 걱정하며 밤낮으로 울었다. 동쪽 서쪽 염치 가리지 않고 돌아다니며 양식을 구해 모셔 왔는데, 이제 아버지를 버리고 나까지 죽을 곳으로 가야 하다니. 흐느끼는 혼백이 하늘에 사무쳐 어머니를 찾아가 울고 싶은 마음뿐이다.'

이렇게 생각하니 가슴이 미어지고 애간장이 녹는 듯해, 그날부

터 더 부지런히 빌어 양식을 많이 모으고 좋은 음식을 자주 부친

께 권했다.

통곡의 이별

시간이 지나 장사꾼들이 정한 날이 되었다. 심청이 더 이상 아버지를 속일 수 없음을 알고 부친 앞에 엎드려 슬피 통곡했다. 공이 놀라 급히 이유를 묻는데 심청은 서러움이 가슴에 쌓여 제대로 말을 하지 못했다. 공 또한 눈물을 흘리며 딸을 위로하고, 슬퍼하는 이유를 물었다.

청이 겨우 정신을 차리고,

"저번에 쌀 삼백 석은 건넛마을 어느 댁에서 주신 것이 아닙니다. 실은 남경에서 온 장사꾼들에게 몸이 팔렸습니다. 이제 저를 데려가려고 밖에서 기다리고 있습니다. 당초 바로 말씀드리지 못한 것은 그사이 아버지께서 많이 걱정하실까 봐 그랬습니다.

오늘 영영 이별을 하려니 슬픕니다! 우리 부녀는 남들보다 열 배나 더한 정이 있지요. 아버지께서는 어미 없는 저를 키워 주셨고, 저는 세상을 알자마자 아버지밖에 없었습니다. 그런데 아버지 눈이 어두워지시고 집안이 기울어져 끼니조차 못 드실 때가 많았으니, 우리 부녀 같은 가련한 인생은 없을 것입니다. 이제는 또 병든 아버지를 버리고 물에 빠진 원귀가 된다니 슬플 뿐입니다."

하며 목을 놓아 우니 공이 듣고 대성통곡을 했다.

"내 딸아, 이게 무슨 말이냐? 부처님을 속이고 억만 번 지옥에 가서 천만년 나오지 못한다 해도 네가 어찌 이런 결정을 해서 나를 죽게 하느냐? 네가 있어도 서러운 일 많은데 하물며 나 혼자 누굴 의지하며 살라 하느냐? 그냥 너를 따라 함께 죽어야겠다."

몸을 부딪치며 크게 소리 내어 우니 동네 사람들이 모여들어, 심청 부녀가 통곡하다 기절하는 모습을 보고 그 이유를 물었다.

사정을 알고는 다들 불쌍히 여기며,

"공자의 제자 자로가 쌀을 지고 먼 길을 걸어 부모님을 모신 것이나, 촉나라 효자 맹종이 눈 속에서도 죽순을 구해 어머니께 드린 것은 세상에 드문 일이었다. 그러나 하늘이 내린 효자 효녀라 해도 자기 몸을 죽을 곳에 팔아 아버지의 소원을 이루었다는 말은 들은 적이 없었지. 열세 살 된 처녀의 효성과 의리가 대단하지만 참으로 가련하다! 심청이 일고여덟 살 때부터 고생이 심해 늘 부귀빈천이 공평하지 못함을 탄식했는데 이제 물에 빠진 원귀가 되게 생겼으니 이를 어찌할까?"

하고 심청을 위해 슬퍼하는 사람들이 많았다.

심청이 눈물을 거두고 곁에 있던 이웃들에게 일일이 절을 하며 당부했다.

"여러 어른들께서는 너그러운 마음으로 병든 우리 아버지를 돌보아 주십시오. 아버지가 남은 세월 무사히 살 수 있게 해 주시면 제가 저승에 가서도 잊지 않고 결초보은해서 은혜를 갚겠습니다."

마을 사람들이 가엾게 여기며 심청을 붙들고 위로했다.

"네가 말하지 않아도 네 효성에 감탄하고 있다. 너를 생각해서라도 더 각별히 보호할 테니 염려 마라. 그리고 후생에는 부디 부잣집 자식으로 태어나 이 선행을 보답받거라."

또 어떤 사람은 이렇게 말했다.

"하늘에서 내려다보실 텐데 설마 열세 살 어린 너를 수중 원혼이 되게 하겠느냐. 분명히 보살핌이 있으실 게다."

심청이 사람들에게 아버지를 보살펴 달라고 거듭 부탁하고는, 장사꾼들에게 하루만 더 내어 부녀간에 못다 한 정을 풀고 갈 수 있게 해 달라고 간청했다. 장사꾼들도 그 효성에 탄복하면서 사정을 딱하게 여겨 며칠 더 머물라 하고 돌아갔다. 공은 통곡하다가 기절하다가 하면서 오직 "함께 가자"는 말만 할 뿐이었다.

이럭저럭 며칠이 지나니 장사꾼이 또 와서는 쌀 오십 석을 더 주며,

"아버님을 위하는 낭자의 효성에 우리가 감동해 오십 석을 더 드리기로 했습니다. 낭자 부친의 삼사 년 양식으로 하십시오."

하더니 함께 가자고 했다. 심청이 백번 절하며 인사하고는 그

쌀을 동네의 믿을 만한 이웃에게 맡기며 아버지를 모셔 달라고 신신당부했다. 그리고 어머니의 신주를 모신 사당에 들어가 하직 인사를 올리는데 슬픈 울음소리가 하늘까지 사무쳐 정 씨의 영혼에 가닿을 것만 같았다.

심청이 마지못해 부친께 하직 인사를 올리니 부녀가 얼굴을 맞대고 통곡하며 기절하기를 되풀이했다. 이윽고 청이 정신을 차리고는 아버지 손을 어루만지며 말했다.

"아버지, 이 불효녀 애초에 없었던 것으로 생각하시고 마음에 두지 마십시오. 앞으로 살아가실 양식은 마련해 두었으니 이제 쭉 만수무강하소서. 이승에서는 다시 못 뵙더라도 다음 생에 부녀지간이 되어 이승에서 못다 한 정을 펴기를 바라옵니다."

못내 연연하다가 몸을 일으키니 공이 딸을 붙들고는 발을 구르며 통곡했다.

"나더러 누구를 의지하라고 하느냐? 어디로 가는 것이냐?"

청이 온갖 말로 위로하고 하직하며 집 문을 나서는데 정신이 아득해 걸음마다 엎어졌다. 나무나 돌로 된 심장을 가진 사람이라도 그 모습을 보면 슬픔을 금치 못할 지경이었다. 공이 겨우 더듬어 따라 나가 가슴을 두드리고 발을 구르며 통곡했다.

"청아, 청아! 나를 버리고 어디 가느냐?"

일이 이 지경에 이르자 심청이 천만 설움을 품고 부친을 돌아보며 앞으로 가는데 한 걸음에 열 번씩 넘어지며 갔다. 동네 사람들이 집집마다 나와서는 심청이 가는 길을 보며 길게 탄식하고 서로 말했다.

"출천지효出天之孝*구나. 천만고에 없던 저런 일을 오늘에야 보도다."

<hr>

* 출천지효　하늘이 낸 효자라는 뜻. 지극한 효자나 효성을 이르는 말이다.

인단소에 몸을 던지다

심청이 간신히 길을 떠나 인단소에 이르렀다. 장사꾼들이 모두 제물을 차려 놓고 시각이 늦음을 안타까워하며 기다리다가 심청을 보고는 말했다.

"바삐 물에 들어가시오!"

심청이 기가 막히고 가슴이 답답하나 할 수 없는 일이었다. 하늘을 우러러 통곡하고는 다시 사방을 향해 절하며 말했다.

"나는 병든 심현의 딸 심청이오. 세 살에 어미를 잃고 앞 못 보는 아버지를 구걸해 봉양하며 살아왔소. 부처님께 시주하면 아버지 눈이 뜬다 해서 몸을 팔았으니 지금 이 물에 빠져 죽습니다. 죽는 것은 서럽지 않으나 병든 아버지 오늘부터 물 한 모금도 봉양할 사람이 없어 걱정입니다. 분명 죽은 딸 생각하다 병들어 돌아가실 텐데 이후 그 시신을 거두어 장례를 치를 길도 없습니다. 저 심청은 사람의 자식이 되어 부모가 길러 주신 은혜를 갚지 못하고 부친을 생이별하고 먼저 죽으니, 부모님께 받은 몸을 넓고 넓은 바다에 던져 물고기 배를 채우게 되었습니다. 천지간에 이런 불효가 어디 있겠습니까? 천지의 밝은 신령께서는 살펴 주시옵소서."

빌기를 마치고 물을 내려다보니 푸른 물결이 출렁거리는데 하늘에 닿을 정도로 높았다. 슬픈 바람은 서늘하게 불고 물보라가 구름처럼 일어나며 배 젓는 소리가 가는 넋을 재촉하는 듯했다. 슬프고 참혹했다.

심청이 부친을 큰 소리로 세 번 불렀다.

"아버지! 아버지! 아버지!"

통곡을 하며 두 손으로 얼굴을 가리고 몸을 날려 물에 뛰어드니 장사꾼들이 모두 심청을 지켜보며 슬퍼했다.

이때 물에 떨어진 심청은 바닷속에 가라앉지 않고 얼마간 떠내려가고 있었다. 그런데 어디선가 향기로운 바람이 일어나더니 머리카락을 두 갈래로 땋은 한 선녀가 조각배를 타고 옥피리를 불며 나는 듯이 다가와서는 심청을 붙들어 배에 올렸다. 심청의 젖은 옷을 벗기고 새 옷으로 갈아입힌 다음 옥병에 든 회생약回生藥을 먹였다. 잠시 후 심청이 눈을 떠 보니 자기 몸이 편한 곳에 누워 있는데 처음 보는 곳이었다. 또 고운 옷을 입은 선녀가 좌우에 앉아 자신의 손발을 주무르고 있었다. 심청이 어지러운 중에도 깜짝 놀라 몸을 일으켰다.

"선녀들은 누구십니까? 어찌하여 물에 빠져 죽은 사람을 구해 주셨는지요?”

그러나 아직 정신이 돌아오지 않아 목소리가 제대로 나지 않았다.

선녀들이 답했다.

“우리는 동해 용왕의 시녀입니다. 아가씨를 모셔 오라는 명을 받고 왔는데 시간이 조금 지체되어 하마터면 쇄옥낙화*하실 뻔했습니다.”

심청이 다시 정신을 차리고 말했다.

“저는 인간 세상의 천한 사람입니다. 용왕께서 이렇게 염려해 주시다니 황공하고 감사합니다.”

선녀가 말했다.

“아가씨의 고생은 하늘이 정하신 것이요, 이제 용왕이 초대하시는 것도 하늘이 정하신 운명입니다. 가시면 저절로 아시게 될 것이옵니다.”

배를 젓고 옥피리로 뱃노래를 불면서 가니 심청의 마음이 맑아지며 몸이 날아갈 듯 가벼워졌다. 순식간에 한 곳에 도착했는데 진주로 꾸민 높은 궁궐이 구름 위로 아득하고, 큰 문의 현판에는 황금으로 ‘동해 용궁’이라는 글자가 새겨져 있었다. 선녀가 배를 대문 아래에 댔다. 심청이 내리니 아름다운 옷을 입은 시녀들이 쌍쌍

---

* 쇄옥낙화 옥이 부서지고 꽃이 떨어진다는 의미로, 미인의 죽음을 가리킨다.

이 나와 황금 가마를 앞에 갖다 대고는 말했다.

"낭자는 이 가마에 오르십시오."

심청이 사양했다.

"저는 인간 세상에서 온 천한 사람입니다. 어찌 이 가마를 타겠습니까?"

선녀가 말했다.

"아가씨가 인간 세상에서는 때를 못 만나 가난하고 어려웠지만 우리 용궁에서는 지극히 귀한 몸이십니다. 또 이 가마는 예전에 타시던 것이니 사양치 마시고 바삐 오르십시오. 대왕께서 기다리십니다."

심청이 거듭 사양하다 마지못해 가마에 오르니 시녀들이 좌우에서 온갖 풍류를 연주했다. 여섯 마리 용이 가마를 메고 가는 그 웅장한 위엄은 진실로 신선의 모습이었다.

용궁에 간 심청

여러 문을 지나 궁전 아래 도착하니 옥난간이 찬란하고 화려한 구슬발이 늘어져 있었다. 상서로운 구름과 안개가 신비롭게 끼어 있어 심청은 더욱 정신이 아득하고 당황스러웠다.

시녀 한 쌍이 와서 심청을 양쪽에서 부축하며 마루 위에 오르게 하고는 북쪽의 의자를 가리키며 말했다.

"절을 올리시지요."

심청이 위를 보니 황금 의자에 한 왕이 앉아 있었다. 통천관을 쓰고 푸른 비단 곤룡포를 입었으며, 백옥띠를 두르고 벽옥으로 만 든 홀을 쥐었는데 그 모습이 위엄 있고도 찬란했다. 좌우에는 시녀 들이 큰 부채를 들고 엄숙하게 서 있었다.

심청이 앞으로 가서 공손히 두 번 절하니, 용왕이 몸을 일으키 고 말했다.

"규성*아, 인간 세상에서는 재미가 어떠했느냐?"

심청이 다시 공손히 절하고 대답했다.

"저는 인간 세상의 천한 사람입니다. 대왕께서 무슨 말씀을 하시는지 잘 모르겠습니다."

용왕이 빙긋이 웃었다.

"너는 전생에 초간왕의 딸이었다. 서왕모의 잔치에서 술을 맡아보는 선녀였는데, 신선 노군성을 특별히 좋게 본 마음이 있어 그에게 술을 많이 먹였지. 잔치에 술이 부족하게 되자 도솔천을 맡아보는 태상노군이 옥황상제께 청해 너에게 벌을 주라고 하셨다. 옥황상제께서도 진노하셨지.

'이는 술 맡아본 시녀의 죄다. 자세히 조사해 중한 벌을 내려라.'

또 이렇게 말씀하셨다.

'노군성을 인간 세상으로 내쫓아 사십 년간 병 없이 지내다가 규성과 부녀지간이 되게 하라. 규성은 네 효성을 나타내도록 하라.'

그래서 노군성은 심현이 되고 사십 년이 지나 네가 그 딸이 된 것이다. 하늘에서 술을 훔쳐 먹었으니 인간 세상에서는 먹을 복을 주지 않아 십삼 년을 빌어먹게 하고, 또 눈을 멀게 해 딸이 구걸해 온 것을 먹는 벌을 받도록 정하셨다.

이렇게 전생의 죄와 이번 생의 고생이 다 하늘에서 정한 운명이

---

* 규성 하늘에 있는 28개의 별 중 15번째 별의 이름. 학문과 예술을 주관한다.

었으나, 옥황상제께서 아직도 노여움을 풀지 않으셨지. 이에 천하의 여러 신선과 사해용왕, 다섯 산의 신, 여러 부처가 상제께 조회를 하러 왔을 때 석가세존이 아뢰셨다.

'노군성이 인간 세상에서 고생을 심하게 하고 앞을 못 본 지 팔구 년이니 충분히 벌을 받았습니다. 또한 규성이 하늘의 명을 어긴 죄는 가볍지 않으나 인간 세상에서 어려서부터 고생을 하고 동서로 구걸을 다니며 노군성을 봉양했습니다. 효성이 천지에 가득하니 전생의 죄를 모두 갚았을 듯한데 다시 제 몸을 죽을 곳에 팔아 아비를 위한 정성을 보이더군요. 제가 제자를 보내 그 마음을 시험해 보았더니, 부녀가 서로 위하는 마음이 지극합니다. 이제 전생의 죄는 다 다스리셨으니 이번 생의 효성을 돌아보아 복을 내려 주시면 어떠하겠습니까?'

옥황상제께서 그 말씀을 따라 즉시 남두성에게 복을 내리라 명하시고 북두성에게는 수명과 자손을 점지하라고 명하셨다. 그러자 남두성이 이렇게 아뢰었다.

'규성이 본래 동해 용왕의 귀한 딸인데 인간 세상에 내려가 효성이 지극하니 보통의 부인네로 살게 할 수는 없습니다. 유리국의 황후가 되어 평생 복을 누리게 점지하겠습니다.'

옥황상제께서 허락하시자 북두성이 또 청했다.

'남두성이 규성에게 좋은 복을 점지했군요. 저는 노군성이 제후가 되어 아들딸을 낳아 부귀와 복이 세상의 으뜸이 되게 하고, 칠

십오 세에 도로 옛 벼슬로 오게 하겠습니다. 규성은 세 아들과 두 딸을 두고 칠십삼 세에 동해로 돌아오게 점지하겠습니다.'

옥황상제께서 허락하시자 이번에는 내가 청했다.

'저는 규성과 전생에 부녀의 정이 있습니다. 며칠 후 규성의 명이 인단소에서 끊어질 것인데 그 위급함을 구해 하룻밤을 머물게 하고 인간 세상에 내보낼 수 있게 해 주십시오.'

이 또한 옥황상제께서 허락하셨기에 너를 데려왔다. 오늘 밤 여기서 부녀의 정을 잇고 즐겁게 지내다가 내일 돌아가거라."

심청이 이 말을 듣고 그동안의 일들이 모두 다 정해진 운명이었음을 깨닫고는 더욱 슬퍼하며 땅에 엎드려 말했다.

"저의 전생 죄악이 가득했으니 누구를 원망하고 탓하겠습니까. 그러나 지나간 고생을 생각하고 병든 아비가 굶주리고 슬퍼 죽을 일을 생각하니 애간장이 타옵니다."

용왕이 말하기를,

"이제는 너의 고생이 다 끝나고 무궁한 복을 누릴 것이다. 슬퍼하지 마라."

하고는 시녀에게 명해 다과를 내오게 했다. 이윽고 시녀가 붉은 상에 다과를 내오는데 백옥잔에 안개 같은 차와 대추 같은 과일이었다. 그것을 먹으니 정신이 맑아지면서 전생의 일이 또렷이 기억났다. 부왕의 용안을 새로이 알아보고, 좌우 시녀들이 다 전생에 자기 앞에서 명을 받들던 무리임을 반갑게 알아보았다. 또 자신이

원래 천일주를 맡아보다가 노군을 불쌍히 여겨 술을 몰래 주었던 일까지 어제 일처럼 기억났다. 또다시 슬픈 마음을 이기지 못해 부왕을 우러러 눈물을 흘리며 말했다.

"제가 인간 세상에서 고초를 겪었던 일을 생각하니 두려워집니다. 이제 돌아왔으니 다시 나가지 않고 여기 머물고 싶습니다."

부왕이 말하기를,

"슬퍼하지 마라. 다시 인간 세상에 나가면 전날의 고생이 다 하룻밤 꿈처럼 느껴질 것이다. 어찌 하늘이 주신 운명을 어기겠느냐?"

하고는 시녀에게 명했다.

"청이를 후원 별당으로 인도해 편히 쉬게 하라."

심청이 시녀를 따라 후원 별당에 가니 집 안에 있는 것들이 모두 예전에 보던 것들이었다.

이때 심현은 거의 죽을 듯 몸을 가누지 못하면서도 딸이 문밖을 나서는 모습을 보려 했으나 앞이 보이지 않으니 어쩌겠는가. 가슴을 치며 통곡하다가 정신을 잃으니, 이웃 사람들이 그 모습을 보고 가련히 여겨 붙들어 손발을 주무르고 따뜻한 물을 입에 떠 넣으며 보살폈다. 심현이 한참 후 정신을 차리고는 벽을 치며 통곡했다.

"불쌍하다, 내 딸! 세 살에 어미 잃고 가련하게 울 때 이 마음은 어떠했겠느냐. 그래도 산목숨이 모질어 죽지 못하고 살았는데 앞까지 못 보는 신세가 되고 살림도 나날이 어려워져 한 끼를 제대로 먹지 못했다. 그때 네가 추위도 더위도 가리지 않고 밥을 얻어다가 나를 챙겨 먹였는데 이제는 아비를 위해 이렇게까지 하다니! 네 정성은 지극하지만 내가 어찌 살기를 바라겠느냐.

하늘이여, 살림이 어려우면 눈이나 성하게 하시고 눈 못 보게 했으면 살림이나 넉넉하게 하실 일이지, 어찌 그토록 애를 태우며 죽을 곳에 나아가게 한단 말이오. 아, 슬프다! 자식이 병들어 죽어도 비참한데 나는 내 병 때문에 멀쩡한 자식을 비명횡사하게 만들었구나. 설령 천지 신령이 내 잘못이라 하지 않고 눈을 뜨게 해 준대도 어찌 혼자 살아서 이 설움을 견디겠는가."

이렇듯 밤낮으로 청이를 부르며 통곡하니 이웃 사람들이 그 우는 소리에 잠을 이루지 못했다.

심현이 밤낮을 가리지 않고 애통해하다가 스스로 마음을 가라앉히고 집 안을 더듬어 보았다. 마른 고기반찬과 익힌 음식이 그릇마다 담겨 있으니, 만지는 족족 가슴이 막히고 간장이 녹는 듯해 다시 딸을 부르짖었다.

"불쌍하다! 너는 몸 불편한 아비를 이렇게 먹여 살리려 했거늘, 나는 너를 죽을 곳에 보내고 태연히 살아 있으니 이를 어찌 사람의 도리라 하겠느냐."

어느덧 가을이 지나 겨울이 되었다. 눈바람이 몰아쳐 뼈에 사무치고 적막한 빈집에는 인적이 끊긴 채 오직 생각하는 것은 청이뿐이니 얼굴이 핼쑥해지고 뼈만 남을 정도였다.

쌀 오십 석을 맡은 집은 본래 살림이 넉넉한 집으로 노인 부부만 살고 있었다. 천성이 어질고 순해 착한 일을 많이 했는데 심청이 있을 때도 간간이 도와주었기에 심청이 그 은혜에 깊이 고마워했다. 쌀을 맡기고 간 뒤로는 더욱 가련히 여겨 음식을 마련해 극진히 대접하고 나무를 베어 방을 덥히며 정성껏 보살폈다. 심현은 병든 몸으로 남에게 신세만 지며 평생 고생할 일을 생각하면 당장 죽고 싶었으나 정해진 목숨이 있어 마음대로 할 수도 없었다.

이럭저럭 다음 해 초가을에 이르렀다. 심청이 떠난 지 일 년이 되어 처량한 가을바람에 남쪽으로 가는 기러기 떼 소리가 애를 끊는 듯하고 벽 사이로 귀뚜라미 소리가 우렁차 간신히 들었던 잠을 깨울 때였다. 심현이 더욱 잠을 이루지 못하고 딸을 부르짖는 소리가 참혹했다.

연꽃이 맺어 준 인연

그때 심청은 용궁에서 하룻밤을 지내고 나니 전생의 일은 다 잊고 어서 나가 아버지를 다시 만나고 싶은 마음이 간절했다. 문득 시녀가 들어와 용왕이 부르신다고 전하기에 서둘러 나아갔다.

용왕이 말하기를,

"옥황상제께 하룻밤 시간을 얻어 같이 보내면서 쌓인 정을 풀었지만 또 떠나보내려니 슬프구나. 그러나 하지 않을 수 없는 일이니 인간 세상으로 다시 떠나거라."

하고는 신하들에게 명했다.

"가마를 태워 보내라."

시녀가 명을 받들어 심청을 가마에 올리고 나오다 물가에 다다라 조각배에 태웠다. 그러고는 노를 저어 한 곳에 도착하더니 작별을 고하며,

"이곳은 아가씨가 물에 떨어진 곳입니다."

하고는 간 곳이 없었다. 조각배는 변해서 큰 꽃송이가 되었다. 그 속에 넉넉히 한 사람이 들어가 있을 만했고 꽃잎이 겹겹이 덮여 모양이 신비로웠다. 심청이 어쩔 도리 없이 동쪽을 향해 감사 인사를 올렸다. 목이 마르면 꽃잎에 구르는 이슬을 마셨는데, 곧 배가 부르고 정신이 상쾌해졌으니 그 물은 감로수였다. 인간 세상의 사람이 한 번 마시면 백 가지 병이 없어지는 기이한 보배 같은 물이었다.

이때 심청을 사다가 제사를 지내고 갔던 장사꾼들이 물건을 팔고 돌아오다 인단소에 이르러 말했다.

"우리가 작년에 심 씨 처녀를 사다 이 물에 넣고 가서 이익을 많이 남기고 무사히 돌아왔구나. 그 아가씨가 기원하던 말을 생각하니 불쌍하고 가련하다."

서로 탄식하고 뱃노래를 부르며 돌아오는데 문득 보니 물 위에 오색 무지개와 구름이 아련하게 피어오르는 곳에 커다란 소반만한 꽃송이가 하나 물에 떠다니고 있었다. 그 광채가 찬란해 생전처음 보는 모양이었다.

장사꾼들이 이상하게 여기며,

"우리가 여러 해를 다녀도 꽃은커녕 나뭇잎도 보지 못했는데 이렇게 범상치 않은 꽃이 있다니! 분명 그 처녀의 혼이 꽃이 되어 죽은 곳을 떠나지 않은 모양일세. 이것을 가져다가 임금님께 바쳐야겠네."

하고는 꽃을 건져 옥화분에 담아 왕께 바쳤다. 국왕은 꽃을 보고 크게 기뻐했다. 장사꾼들에게 상을 내리고 목수를 불러 오색장을 만들고는 꽃을 그 장에 넣어 침전 가까이에 두었다. 대신들과 조회를 마치면 장 앞에 앉아 꽃을 감상하며 즐거워했다. 꽃의 향내가 은은히 퍼지고 오색 무지개가 어려 있어 그 속을 자세히 보지는 못했다. 그러나 자태가 날로 아름다워 임금을 대하면 마치 미소를 짓는 듯하니 왕이 그 곁을 떠나지 못했다.

심청은 꽃 속에 몸을 감추고 감로수로 연명하며 간혹 사람이 없을 때에는 장 밖에 나와 구경했다. 그러다 사람이 오는 기척이 있으면 얼른 숨어서 눈치를 챈 사람은 아무도 없었다. 왕은 그때 왕비와 사이가 좋지 않아 조회를 마치면 꽃장으로 향해 시간을 보내는 일이 더 많았다. 그러던 중 불행히 왕비가 병을 얻어 마침내 세상을 떠나니 예를 갖추어 장례를 치렀다. 여러 신하가 아뢰었다.

"나라의 왕비 자리는 하루도 비울 수 없사옵니다. 바라건대 어질고 덕이 있는 가문의 정숙한 여인을 간택하셔서 백성이 바라는 바를 저버리지 마소서."

왕이 이 말을 듣고,

"왕비 자리는 중요하니 천천히 어진 숙녀를 구해 볼 것이다. 그대들은 물러가 기다리라."

하시니 신하들이 물러갔다.

하루는 왕이 연꽃장 앞으로 가는데 문득 향내가 진동하며 한 선녀 같은 사람이 급히 장 속으로 숨었다. 왕이 크게 놀라 급히 나아가 장문을 열고 보니, 전날은 오색구름이 떠 있었는데 오늘은 구름이 걷히고 꽃은 간데없으며 빼어난 한 미인이 있을 뿐이었다. 나이는 열서너 살에 맑은 피부와 비범한 인상이 천하의 절색이었다. 왕이 크게 기뻐하면서 자세히 살펴보았는데 보면 볼수록 훌륭한 성품이 외모에 깃들어 있어 한 나라 임금의 왕비감이요, 모든 백성의 국모감이었다.

왕이 황홀해 한참을 바라보다가 물었다.

"너는 귀신이냐, 선녀냐? 어찌 꽃 속에 숨어 임금을 희롱하느냐?"

미인이 수줍은 모습으로 공손하게 대답했다.

"저는 귀신도 선녀도 아닙니다. 인간 세상의 여자이나 우연히 신선들의 뜻에 따라 꽃 속에 숨겨져 이런 귀한 곳까지 오게 되었습니다. 전하의 심기를 어지럽게 했으니 그 죄는 죽어 마땅하옵니다."

왕이 그 말을 듣고 더욱 궁금해서 사연을 자세히 들어 보려 하는데 내관이 들어와 아뢰었다.

"지금 여러 대신들이 와서 전하를 뵙고자 합니다."

왕이 무슨 일이 있음을 짐작하고 곧바로 인덕전에 가서 대신들을 보니 태사관이 아뢰었다.

"신이 지난밤 하늘의 기운을 살펴보니 규성이 궁궐 안에 비쳐 그 기운이 크게 퍼져 있고, 자미성이 기운을 떨치고 있으니 분명 국모 되실 규수가 궁궐에 계시다는 뜻입니다. 왕후의 자리를 이으신 후 대군이 태어나실 징조이니 나라의 큰 복을 미리 축하드리겠습니다."

또 승상 무조명이 아뢰었다.

"신 또한 요사이 천문을 보니 밤마다 상서로운 기운이 북두칠성과 견우성을 두르고 있었습니다. 전하께서는 궁녀 가운데 재주와 덕이 있는 사람을 가려 왕비로 올리시어 백성들의 바람을 저버리지 마옵소서."

이를 듣고 왕이 드디어 꽃에 얽힌 일을 신하들에게 말했다. 여인의 용모와 성품을 이야기하니 여러 신하가 신기하게 여기며 만세를 불러 축하를 올리고는, 좋은 날을 택해 빨리 혼례를 치르기를 청했다. 왕이 허락하고 흠천감에서 날을 고르도록 했는데 겨우 십오일 뒤였다.

왕이 분부를 내렸다.

"왕비에게 친정이 없으니 별궁으로 모셔 혼례를 지내고, 모든 혼수를 나라에서 준비하도록 하라."

여러 신하가 명을 받아 각기 맡은 대로 혼수를 마련하고 정한 날을 기다렸다. 길일이 되자 심 소저를 별궁으로 모셨다. 수천 궁녀가 둘러싸고 화려한 차림새로 치장시켰다. 시간이 되어 왕이 육례를 갖추어 별궁으로 나아가 천지신명께 고하고 왕비를 봉황 무늬가 새겨진 가마에 태워 궁궐로 맞이해 왔다.

왕후 심청, 맹인 잔치를 열다

영항전에서 혼례식을 올리는데 왕이 얼굴을 들어 심 왕후를 보니 머리에는 봉황 두 마리가 수놓이고 꽃이 장식된 관을 썼으며 가느다란 구슬 장식 열두 줄이 달 같은 이마에 어려 있었다. 해와 달이 수놓인 비단 저고리는 햇빛을 가리는 듯했고 가는 허리에 두른 붉은 비단 치마는 오색구름이 어린 듯했다. 온몸에 꾸민 보화가 갖추지 않은 것 없이 상서로운 기운을 다투어 보여 주니 그 빛깔이 영롱하고 찬란했다.

심 소저의 아름다운 모습은 햇빛 같은 밝은 빛이 비치는 듯 더욱 맑고 고와서 그 아름다움이 꽃 속에 소박하게 있을 때와 비할 바가 아니었다. 왕이 사랑하고 귀하게 여겨 정이 태산보다 높고 바다보다 깊었다. 어찌 세상의 평범한 부부 금슬에 비하리오.

이리하여 왕이 한시도 심청 곁을 떠나지 않고 외전에 나가지 않은 지 여러 날이 되었다. 온 조정의 대신들이 조회를 기다리다 그

낭 돌아가고, 후궁들과 삼천 궁녀도 인사를 올리려다 그냥 돌아갔다. 왕비가 이를 민망하게 여겨 하루는 왕께 여쭈었다.

"저는 본래 미천한 가문에서 자라 세상 물정을 알지 못하옵고 국가의 일은 더더욱 모르옵니다. 큰 은혜를 입어 지극히 높은 자리에 올라 있으나 늘 조심하는 마음뿐입니다. 하지만 전하의 잘못을 보았으니 어찌 아뢰지 않겠습니까?

제가 들으니 임금이 하루 정치를 하지 않으면 백성은 일 년 원망할 일이 생긴다 하옵니다. 또 백성이 기쁘게 임금을 따르지 않는다면 그 임금의 덕이 없기 때문이라고도 하옵니다. 지금 전하께서 여러 날 정치를 돌보지 않으시니 조정이 장차 전하를 어떠한 임금이라 하겠습니까? 예부터 임금이 부인에게 빠지면 나라를 제대로 보전하지 못했으니, 전하께서는 옛사람의 행동을 거울삼아 덕을 닦고 나라를 올바르게 돌보십시오."

왕이 크게 깨달으며 칭찬했다.

"현숙한 왕비가 나의 잘못을 타일러 깨닫게 해 주었소. 이는 주나라 선왕의 현명한 왕후 강선후와 세양공의 진현비에 견줄 만하오."

즉시 조정에 나아가 모든 대신의 조회를 받고 내전에 들어가 후궁들의 인사를 받으시니 궁중 내외에서 천세를 부르며 칭송하는 소리가 진동했다.

다음 날 아침이 되자 왕과 왕후가 황금 용상과 산호 의자에 앉았다. 왕은 면류관을 쓰고 붉은 비단 곤룡포를 입었으며 백옥띠를 두르고 푸른 옥으로 된 홀을 들었는데 즐거운 기색이 가득했다. 왕후는 머리에 두 마리 봉황이 그려진 화관을 쓰고 붉은 비단 저고리와 치마를 입고 있었다. 여러 시녀가 양쪽에서 모시는데 상서로운 구름이 어리고 따뜻한 기운이 사람들의 마음을 부드럽게 하니, 화목하고 평화로운 태평성대였다. 온갖 풍악을 연주하자 그 소리가 하늘에 닿는 듯했고 성대한 연회 자리가 햇빛에 영롱하게 빛났다. 이런 광경은 천고에 드문 일이었다.

상궁이 머리를 숙이고 붉은 치마를 걷어잡고 계단에서 예식을 알리니, 왕실 종친들이 부르는 대로 차례로 나아가 네 번 절했다. 여러 공주와 정경부인들이 차례로 네 번 절했고 여섯 궁전의 궁녀와 삼천 궁녀들도 나아가 절하며 하례를 마쳤다. 왕과 왕후가 내전에 들어가 궁 안팎의 일을 의논하시니 이후로 왕후의 위엄과 덕이 갖추어져 모든 일이 선하고 아름답게 되고 칭찬하는 소리가 나라에 진동했다.

심청은 하루아침에 존귀하게 되었다. 한 나라의 국모가 되고 왕의 총애가 넘쳐 부족함이 없었으나, 다만 마음속으로 아버지를 잊지 못하고 있었다. 그사이 두 해가 지났으니 지금까지 부친이 살아계시기는 천만뜻밖일 듯했다. 왕후는 늘 하늘을 바라보며 근심 어린 얼굴을 하곤 했다.

이때 따뜻한 봄날을 맞이해 궁 안의 정원에 작은 잔치를 베풀고

왕과 왕후가 후원의 경치를 감상했다. 옥계단 위에 핀 아리따운 꽃에 벌과 나비가 날아들고 잔잔한 개울가의 가는 버들은 벗을 부르는 꾀꼬리를 청했다. 곳곳에 봄기운이 가득해 왕이 크게 즐거워하며 좋은 술과 성대한 음식으로 경치를 감상했다. 그런데 왕후는 얼굴에 슬픈 물결이 일고 근심하는 빛이 어린 채 먼 하늘만 바라보고 있었다. 왕이 이상하게 여겨 물었다.

"왕비께서는 이렇게 아름다운 경치를 보면서 왜 근심이 가득하오?"

왕후가 슬피 탄식했다.

"미천한 몸이 갑자기 영화롭고 귀하게 되어 즐거우나 남모르는 근심이 있사옵니다. 무릇 사람에게 두 눈은 해와 달 같은 것이지요. 눈이 밝아야 천하 만물을 다 보고 좋고 나쁨을 구별하는데 맹인은 그러지 못하니 세상에서 가장 불쌍합니다. 다 같은 사람인데 이렇게 좋은 경치를 못 보는 것이 답답하고 안타깝습니다."

왕이 말했다.

"왕비의 덕이 워낙 출중하니 그 말이 이상하지는 않소. 그런데 예부터 몸이 불편한 이들은 늘 있어 왔는데 왕비께서 유독 그렇게 슬퍼할 곡절이 있소?"

왕후가 대답했다.

"마땅한 말씀이나 제 생각에는 이보다 더 불쌍한 사람이 없습니다. 온 나라 맹인들을 모두 모아 맛있는 음식으로 한번 위로해 주는 것이 평생의 소원입니다."

왕이 그 마음을 칭찬하며,

"그런 소원은 쉬운 일이오. 무엇을 근심하시오?"

하고 다음 날 분부를 내렸다.

"왕비께서 맹인이 세상을 알아보지 못함을 불쌍히 여겨, 먼 곳과 가까운 곳의 맹인들을 모아 좋은 술과 음식을 대접해 답답함을 위로하고자 한다. 온 나라에 알려서 모든 맹인을 불러 서울로 보내라. 가난해서 여비를 마련하지 못하는 사람이 있으면 그 읍에서 여비를 마련해 보내라. 만일 하나라도 빠지는 경우가 있으면 그 고을의 관리를 파면할 것이다."

각 도에서 왕의 분부를 받들어 한꺼번에 맹인들을 다 찾아 올리니 그 숫자를 셀 수가 없었다. 지방 수령들이 맹인들의 이름과 숫자를 작성해 올리는데 심현 또한 그 가운데 들어 있었다.

눈물겨운 부녀 상봉

잔칫날이 되자 왕이 통명전에 나와 앉으셨다. 왕후 또한 구경하고자 하니 내외의 궁전을 터서 통하게 하고 구슬발을 드리운 후 오봉루에 앉으시게 했다. 구름 위에 있는 듯 높고, 열두 층의 섬돌이 가지런한 오봉루에는 산호로 만든 구슬발에 비단을 드리워 모든 이들의 모습을 보실 수 있게 했다. 그리고 호부에 금은과 비단을 많이 준비하라고 명하셨다. 맹인들에게 선물로 주기 위함이었다.

통명전 넓은 뜰에 자리를 마련하고 한 번에 맹인을 백 명씩 불러들여 양쪽으로 앉혔다. 차례로 상을 주고 궁중의 음악을 연주했다. 술잔이 두어 번 돌고 나니 많은 맹인들이 임금의 은혜에 기뻐했다. 흥취도 올라서 한꺼번에 일어나 춤을 추고 태평성대를 노래했다. 진실로 천지간 장관이었다. 종일 잔치를 즐긴 후에는 각각에게 금은과 비단을 주어 돌려보냈다.

이렇게 사흘을 연달아 잔치를 했으나 심현의 자취는 찾을 수 없었다.

왕후가 생각하기를,

'이 잔치는 우리 아버님을 찾기 위한 것이었는데 지금까지 그림 자조차 없으니 분명 돌아가셨나 보다.'

하고는 슬픈 마음에 눈물이 떨어지는 줄을 깨닫지 못했다. 주변에 있던 궁녀들이 이상하게 여기면서도 감히 묻지 못했다.

넷째 날이 되어 마지막 맹인들을 들였다. 이날은 멀고 외진 마을에 있는 이들이 오는 날이었다. 맹인이 차례로 들어오는데 맨 마지막에 들어와 끝자리로 가는 맹인 하나가 있었다. 유난히 의복이 초라하고 얼굴이 초췌하며 걸음도 제대로 걷지 못해 누군가의 도움을 받고 지팡이를 의지해 겨우 자리를 잡았다. 피골이 상접한 모습이 귀신과 같았다. 그 앞에 상을 놓으니 한 잔 술도 마시지 못하고 제대로 먹지도 못하면서 손으로 더듬기만 하다 서럽게 흐느낄 따름이었다. 자리에 있던 사람들이 모두 가엾은 마음에 그 맹인을 바라보는데 문득 상궁이 오봉루에서 내려와 말했다.

"왕후께서 저 말석에 있는 맹인을 오봉루 아래로 부르라고 하십니다."

왕이 생각했다.

'저 맹인이 여러 사람 중에서도 가장 불쌍해 보이니 왕후가 측은하게 생각해 특별히 은혜를 베풀려는 모양이로다.'

여러 신하가 나아가 심현의 머리에 새로 갓을 씌우고 관복을 입히고는 내관에게 업혀서 오봉루 계단 아래 무늬 있는 돗자리에 앉혔다.

왕후는 마지막 맹인들이 들어온다는 말을 듣고 시시각각으로 얼굴이 흙빛이 되면서 눈물을 흘리고 있었다. 그런데 끝자리에 앉은 맹인을 보니 거리가 멀어 자세히 보이지는 않으나 부녀간의 천륜으로 어찌 그 모습을 모르겠는가. 급히 일어나 외전으로 옮겨 가서 모셔 오라는 재촉을 성화같이 했다. 내관이 맹인을 업어 오봉루 앞에 앉히는데, 바삐 눈을 들어 보니 분명 부친이었다. 이목구비는 그대로이나 모습이 초췌해 귀신 같아서 왕후가 외마디 소리를 내며 엎어졌다.

"아버님!"

옆에서 모시던 궁녀들이 놀라서 왕후를 붙들고는 외전에 알렸다. 왕이 크게 놀라 급히 내전으로 들어가 까닭을 물으셨다. 왕후가 정신을 차리고 보니 왕이 직접 자신의 손발을 주물러 주고 있었다. 황공해서 일어나 비녀를 빼 머리를 풀고는 임금 앞에서 불경했음을 사죄하고 마음속에 담아 두었던 말을 아뢰었다.

"지금 오봉루 앞에 있는 맹인은 저의 아버지입니다. 부녀가 서로 이별한 지 삼 년 만에 만나니 천륜의 정이 그만 솟구쳐 예의를 잃고 전하께서 놀라시게 했습니다. 그 죄 죽어 마땅합니다."

왕이 이 말을 듣고,

"아름답고도 기이하도다! 원래 이런 사정이 있었구려. 왕후의 효성이 천지에 사무치니 과인이 어찌 부녀의 재회를 칭찬하지 않겠소?"

하고는 곧 내관에게 명하셨다.

"앞에 있는 맹인을 오봉루 위로 오르게 하고 부녀를 상봉케 하라."

왕후가 부친에게 다가가 두 번 절하고는 통곡했다.

"아버님, 소녀를 모르시겠습니까? 장사꾼에게 팔려 인단소에 빠져 죽은 청입니다. 하늘의 은혜가 망극해 제가 귀한 왕후의 몸이 되고 부녀가 다시 서로 만나게 되었으니 이제 죽어도 한이 없겠습니다."

심현이 크게 놀라 소리 지르며,

"네가 진정 내 딸 청이냐? 죽은 딸이 어찌하여 이렇게 귀하게 되었단 말이냐? 내가 눈이 없어 너를 못 보니 한이로다!"

하고는 한 번 찡그리고 눈을 번쩍 뜨니 두 눈이 갑자기 뜨였다. 부녀가 붙들고 흐느껴 울다가 왕이 계신 엄숙한 자리인지라 사적인 정을 누르고 왕후는 내전에 들었다. 심현은 별당에 편히 모시도록 했다.

며칠이 지나 나라의 장인이 된 심현이 왕 앞에 나아가 은혜에 감사하고 아뢰었다.

"제 팔자가 사납고 복이 없어 부녀가 서로 헤어졌는데 이제 다시 만나게 되었으니 성은이 망극하옵니다."

왕이 자리를 권하고 위로하신 후 벼슬을 내려 초국공에 봉하고 노비와 땅과 별궁을 내리며 말하셨다.

"장인께서 아직 늙지 않으셨으니 새 부인을 얻으셔야지요."

심 공이 크게 놀라 절대 불가하다고 말씀드렸으나 왕이 듣지 않으시고 대신들에게 혼처를 추천하라고 분부하셨다. 어사 위광이 아뢰었다.

"좌승상 임한에게 딸이 하나 있는데 혼인할 때를 넘겨 스물세 살이라 합니다. 혼처로 적당할 듯하옵니다."

왕이 크게 기뻐하며 임한에게 말했다.

"경의 딸이 혼인할 때를 넘겼다 하니 짐의 장인과 결혼하면 어떻겠는가?"

임한이 말했다.

"전하의 말씀을 어찌 어기겠습니까. 다만 제가 딸을 제대로 가르치지 못했습니다. 행실이 올바르지 않아 남편을 잘 모실 수 있을지 걱정이옵니다."

왕이 웃으며,

"사양하지 마라."

하시고 부부인의 직첩*을 내리니 임한이 조정에서 물러나 그

---

* 직첩 조정에서 내리는 벼슬아치의 임명장

자리에서 있었던 일을 전하고 혼례를 준비했다. 길일을 택하니 칠월 보름이었다. 왕후가 직접 혼수를 준비해 내려 주시고 상궁을 보내 혼례 준비를 돕게 했다.

혼인날이 되어 심 공이 신부 집으로 가서 예식을 치렀다. 신랑의 당당한 모습과 신부의 현숙한 모습에 차등이 없어 장모인 정부인이 사위의 나이 많음을 탓하지 않았다. 신부가 가마에 올라 위엄을 갖추고 돌아와 혼례식을 마친 후, 상궁이 왕께서 내려 주신 물건들을 열어 보이니 더욱 광채가 빛났다.

날이 저물어 침실에 불을 밝히고 부부가 서로 마주했다. 지난 일을 생각하니 일장춘몽一場春夢*이었다. 촛불을 끄고 잠자리에 드니 은혜와 정이 깊었다. 상궁은 돌아가 신부의 현숙함과 심 공이 즐거워하던 모습을 아뢰었다. 왕후가 기뻐하며 아침저녁으로 자주 뵙지 못함을 안타까워할 뿐이었다.

---

* 일장춘몽 '한바탕 봄꿈'이라는 뜻. 덧없는 일을 비유적으로 이르는 말이다.

《심청전》을
읽는 즐거움

송동철 해설

국가 대표 효녀 심청의 이야기는 고전소설과 판소리로 오랫동안 사랑받아 왔습니다. 조선 후기에 유통된 《심청전》의 이본이 230여 종이나 된다고 하니, 인기가 실감되지요? 《심청전》은 지금까지도 영화, 연극, 뮤지컬, 오페라 등 다양한 장르로 활발하게 재창작되고 있어요. 저처럼 어린 시절 동화책으로 심청을 처음 만난 사람도 많을 테고요. 최근에는 이 작품을 새롭게 변용한 웹툰 〈그녀의 심청〉이 인기를 끌었습니다. 《심청전》은 여전히 생명력을 지닌 '살아 있는 고전'입니다.

그런데 《심청전》은 찬찬히 뜯어볼수록 이상한 점들이 눈에 띄는 작품이기도 합니다. 심청이 인당수에 몸을 던진 사건을 생각해 볼까요. 일단 사람을 사고파는 일은 인신매매라는 엄연한 범죄입니다. 이는 조선 시대에도 마찬가지였어요. 게다가 효도를 포함한 윤리라는 건 인간이 인간답게 살기 위한 방편일 뿐인데 효도

때문에 목숨까지 버리는 선택을 마냥 칭송해도 괜찮은 걸까요? 아버지 심 봉사의 행동 역시 이해하기 어렵습니다. 당장 먹을 것도 없는 빤한 형편에 삼백 석이라는 거액의 약속을 덜컥 해버리다니, 정말 무책임해 보이지요.

앗, 그런데 이러다가 여러분이 《심청전》에 흥미를 잃어버리면 어쩌나 걱정이 드네요. 혹시 벌써 그런 마음이 들었다면 잠깐 기다려 주세요. 저는 이런 불편함과 의문을 품고 《심청전》을 읽으면 훨씬 흥미롭다는 말을 하려는 거니까요! 고전을 '교훈적인 작품'으로만 여기지 말고, 이 오래된 이야기가 오늘날 우리에게 어떤 의미가 있을지 생각하면서 조금 더 똑똑하게 읽어 보자는 말이지요. 고전은 비판적으로 읽을 때 그 진가가 드러나는 법이니까요. 자, 그럼 지금부터 질문을 잔뜩 품고서 《심청전》속 인물들을 저와 함께 만나 볼까요?

심청은 왜 굳이 인당수를 선택했을까?
효녀 심청의 콤플렉스

인당수에 몸을 던진 심청의 행동은 앞서 말했듯 지극한 효심만으로는 충분히 설명되지 않습니다. 아버지의 눈을 뜨게 하려 목숨을 버리는 건 효도를 하겠다고 더 큰 불효를 저지르는 셈이니까요. 대체 심청은 왜 그랬을까요? 답을 얻기 위해, 심청의 행동에 대한 평가는 잠깐 미루어 두고 그녀의 마음속으로 들어가 봅시다.

인간은 '자기 이해'를 지닌 존재입니다. '나는 이러이러한 사람이야'라는 생각이나 믿음을 갖고 산다는 뜻이에요. 그중에는 '나는 딸기를 좋아해'라거나 '나는 밝은 옷이 잘 어울려' 같은 소소한 것도 있지만, '나는 그림을 잘 그려'라든지 '나는 의지가 약해서 쉽게 포기하는 편이야' '나는 사교적이어서 친구가 많아'와 같이 그 사람의 인생에 영향을 주는 결정적인 것도 있습니다. 이러한 크고 작은 이해들이 어우러져서 내가 보는 나의 모습, 즉 정체성을 이루지요.

스스로의 눈에 비친 열다섯 살의 심청은 어떤 사람이었을까요? 아마도 '아버지를 정성껏 돌보는 효녀'의 모습이 그녀가 지닌 정체성의 핵심이었을 겁니다. 어릴 때부터 효녀라는 말을 들으며 자라온 아이니까요. 아이는 자라나는 과정에서 부모를 비롯한 주변 사람들로부터 여러 기대를 받고 그것들을 자연스럽게 내면화하며 성장하거든요.

일곱 살 무렵에 심청이 동냥을 다니기 시작한 건 아버지를 염려하고 도우려는 소박한 의지 때문이었어요. 그런데 마을 사람들이 심청을 칭찬하고, '심청이는 효녀'라는 사회적 인정이 굳어지면서부터는 심청이도 그런 시선에 영향을 받았을 테지요.

자기 자신을 효녀라는 정체성 속에서 이해하는 심청의 면모는 남경 상인들과 약속을 한 직후에 하는 말과 행동에 잘 드러납니다.

바다에 제물로 던져질 처지에 놓인 열다섯 살 소녀의 마음은 어떨까요? 슬프기도 하고 혼자 남겨질 아버지가 걱정되기도 하겠지만, 무엇보다도 죽음에 대한 두려움이 클 거예요. 다음 대목에는 심청의 이러한 복잡한 심정이 잘 나타납니다.(완판 71장본)

> 심청이 그날부터 곰곰 생각했다. 눈 어두운 백발 부친과 이별하고 죽을 일과, 세상에 난 지 열다섯 해 만에 죽을 일이 모두 아득해 식음을 전폐하고 근심으로 지냈다.

그러나 아무리 생각해도 엎질러진 물이라, 심청은 마음을 고쳐먹고 남은 시간 동안 아버지의 옷과 버선을 만들기로 합니다. 장 승상 부인을 찾아가도 될 법한데 "부모님 위해 공을 들이면서 어찌 남의 재물을 빌어" 올 수 있겠냐고 여기지요.

흥미로운 건 이때부터 심청이 두려움은 숨기고 걱정과 슬픔만을 표현한다는 점이에요. 이 걱정과 슬픔은 스스로에 관한 것이 아닙니다. 아버지 심 봉사에 관한 것입니다. 수양딸로 간다는 거짓말을 하고 나서 심청은 생각합니다.(경판 24장본)

> '내가 살아 먹고 입는 것이 넉넉한 곳에 간다 해도 저렇게 슬퍼하시는데 죽으러 간다고 하면 어쩌실꼬. 분명 더 살지 못하실 것이다. 살아서나 죽어서나 이런 불효가 어디 있으리오.'

효녀라 해도 죽음은 무서운 일입니다. 하지만 심청이 무서운 마음을 숨기지 않고 드러내는 건 배에 오르고 나서입니다. 절체절명의 순간이 코앞에 닥치기 전까지 억눌러 온 것이지요. 자신을 '마땅히 그래야 하는 사람', 즉 효녀로 이해하고 있기 때문일 겁니다. 자기가 두려움을 드러내면 비난의 화살은 원인을 제공한 아버지 심 봉사에게 돌아갈 텐데, 그건 효녀 심청으로서는 해서는 안 될 일이었겠지요.

심청의 내면은 인간의 자연스러운 감정조차 효도라는 당위에 의해 구속되는 곳입니다. 효심에 어긋나는 감정은 억압되고, '효녀라면 마땅히 느낄 법한' 감정인 슬픔과 염려만이 승인됩니다. 저는 심청이 '효녀 콤플렉스'에 사로잡힌 상태였다고 생각해요. 자신도 모른 채 마음속에서 이런 억압과 승인이 이루어지고 있으니까요. 효를 위해 더 큰 불효를 저지르는, 언뜻 보아서는 이해할 수 없는 결정을 한 건 이런 과정의 결과였을 거예요.

심 봉사는 왜 덜컥 시주를 약속했을까?
무기력의 아이콘이 되기까지

심청과 심 봉사의 관계를 더 자세히 살펴볼까요. 곽 씨 부인이 죽은 다음부터 심 봉사는 혼자서 심청을 키웁니다. 젖동냥을 다니고, 살뜰히 돈을 모아 아이의 간식을 챙기고, 제사까지 치러 내며 홀로 살림을 꾸립니다. 이런 돌봄 관계는 심청이 아버지 대신 동냥을 다니겠다고 나서면서 전환점을 맞이합니다. 심 봉사는 "어린 너를 내보내고 앉아 받아먹는 내 마음이 어찌 편하리오"라며 이를 만류하지만, 결국 심청의 뜻을 따릅니다.

그렇게 지극한 봉양을 받던 심 봉사는 무턱대고 한 시주 약속으로 딸을 잃습니다. 딸이 팔려 갈 때도 속수무책이었습니다. 뺑덕 어미와 함께 살면서 딸이 남겨 준 재산까지 다 날리고 완전히 빈 털터리가 되어 온갖 고난을 겪지요. 심청의 효심 덕에 비로소 건강과 재산, 가족을 모두 회복합니다.

이 파란만장한 인생에 심 봉사 자신의 영향력은 놀랄 만큼 미미합니다. 《심청전》 전체를 통틀어 심 봉사가 내린 결정이라고는 시주 약속뿐이에요. 그마저도 뒷감당은 심청이 했고요. 그의 인생은 주로 여성들의 존재 혹은 부재에 의해 결정됩니다. 곽 씨 부인, 심청, 뺑덕 어미, 그리고 다시 심청이 그의 삶을 차례로 짊어지지요. 그는 왜 전과 달리 이토록 무기력한 모습을 보일까요?

심 봉사는 앞을 보지 못하지만 딸을 잘 길러 냈습니다. 그러나 《심청전》 속 사람들은 시각 장애라는 신체적 손상을 통해 그를 바라봅니다. 마을 사람들은 물론, 심청 역시 그렇습니다. 보살핌의 바탕에 늘 '우리 아버지는 앞을 보지 못하니까'라는 전제가 깔려 있어요. 작품 밖에서 이야기를 감상하는 독자들 역시 마찬가지예요. 우리가 그를 '심 봉사'라고 부른다는 사실이 증거입니다. 그에게는 심학규(심현)이라는 이름이 있거든요. 하지만 《심청전》을 읽고 나서 그의 이름을 기억하는 독자는 많지 않을 거예요. 독자들에게 그는 심 봉사일 뿐이지요.

사실 한 사람의 정체성을 이렇게 규정하는 건 무척 부당한 일이에요. 예를 들어 볼까요? 저는 고등학교 교사입니다. 하지만 다른 곳에서는 학생이기도 해요. 또 누군가의 자식, 동료, 이웃, 친구고요. 그런데 만약 주변 사람들이 저를 교사로만 생각한다면 정말 괴로울 거예요. 어디 가서 누구를 만나 무엇을 해도 제 모든 말과 행동이 '교사답다'거나 '교사답지 않다'는 식으로 평가될 테니까요. 어휴, 생각만 해도 땀이 나네요. 직업으로 규정되기만 해도 이렇게 괴로운데, 장애로 규정되는 사람의 마음은 어떨까요.

예전에 저는 다리가 불편한 장애인 선생님에게서 '내 작은 소원은 마음 편히 비를 맞아 보는 것'이라는 말을 들었습니다. 그분은 비를 무척 좋아하는데, 잠깐만 비를 맞고 있으면 어느새 누군가 다가와 우산을 씌워 준다는 거예요. 장애인이 비를 맞고 있는 모습을 보고 도움이 필요하다고 생각한 것이지요. 물론 선의에서 나온 행동입니다. 하지만 비를 맞고 있는 사람이 장애인이 아니었다면 어땠을까요. 대개는 '뭔가 사정이 있겠지' 하고 그냥 지나갔을 거예요.

심학규의 시력 상실 자체는 신체적인 문제이지만, 그를 '앞을 보지 못해 아무것도 못하는 불쌍한 사람'으로 만드는 건 주변인들의 시선입니다. 그래서 장애학(Disability Studies)에서는 신체적 손상과 구분해서 장애가 '사회적으로 구성된다'고 해요. 일방적인 돌봄의 대상으로만 여기는 태도, 이것이야말로 그를 무기력에 빠뜨린 원인이 아닐까요?

심청이 맹인 잔치를 여는 이유
돌봄에 관한 이야기로 읽는 《심청전》

연민과 동정을 바탕으로 했지만, 심청과 마을 사람들이 최선을 다해 심학규를 돌보려 노력한 것은 사실입니다. 심지어 심청은 시주를 약속한 후 자신의 선택을 후회하고 숨기려는 아버지에게 서운함을 느껴요. 정작 사정을 알고 나서는 자신을 팔겠다는 결정도, 삼백 석을 대신 갚아 주겠다는 장 승상 부인의 제안도 아버지와 의논하지 않았지만요. 선의로 한 행동이었으나 결국 아버지가 직접 판단할 여지를 주지 않습니다. 심청에게 돌봄은 온전히 자신의 몫이었습니다. 공양미 삼백 석으로 눈을 뜨실 거라고 기대하면서도, 자기가 죽으면 "분명 오래가지 못해 굶주려 돌아가실" 거라고 생각합니다.

이러한 인식은 아버지를 고립되고 소외된 존재로 만들었습니다. 자신조차도요. 심청은 아버지를 돌보아야 한다고 믿었을 뿐, 스스로에게도 돌봄이 필요하다는 사실을 알지 못했습니다. 자기가 아버지에게 어떤 존재인지만을 생각했지, 아버지가 자기 삶에 주는 의미에 대해서는 생각하지 않았어요. 열다섯 살의 심청이 아버지를 돌보는 데 실패한 까닭은 스스로를 돌보지 않았기 때문입니다.

인당수에 몸을 던졌던 심청은 삼 년의 시간을 용궁에서 보내며 따뜻한 환대를 누립니다. 그토록 그리워하던 어머니와도 만나지요. 아버지를 돌보는 효녀의 역할에서 벗어나 자신을 돌볼 기회를 얻은 것입니다. 이 시간 이후 심청은 타인을 진정으로 돌볼 수 있는 존재가 됩니다.

> 황후가 갑자기 생각이 나서 황제께 여쭈었다.
> "저에게 한 가지 방법이 있습니다. … 천하 맹인을 모두 모아 잔치를 하옵소서. 그들이 하늘과 땅, 해와 달과 별, 어둡고 밝은 것, 길고 짧은 것, 부모와 자식을 보아도 보지 못하는 원한을 풀어 주시옵소서. 그러면 그 가운데 혹시 저의 부친을 만날 수도 있으니 이는 저의 소망일 뿐 아니라 나라에 화목과 평화를 가져올 일 아니겠습니까? 어떠신지요?"

심청의 효심은 소외된 이들을 향한, 국가적 차원의 측은지심으로 거듭납니다. 공양미 삼백 석에도 눈을 뜨지 못한 심학규가 맹인 잔치에서 심청을 다시 만난 순간 눈을 뜰 수 있었던 건 그래서일 거예요. 모든 봉사들이 눈을 뜬 데서 알 수 있듯, 심청은 아버지뿐 아니라 온 백성을 돌보는 사람으로 성장했습니다.

심청의 실패와 성장을 통해,《심청전》은 돌봄이란 '내가 생각하기에 그에게 필요한 것'을 일방적으로 베푸는 일이 아니라는 점을 보여 줍니다. 돌봄은 언제나 상호적이라는 사실을, 인간은 누구나 서로에 기대어 살아간다는 진실을 가만히 들려줍니다.

그럼에도 남은 질문들

지금까지 우리는 심청과 심학규의 사정을 헤아리며 궁금했던 점들을 하나씩 풀어 나가 보았습니다. 효도를 위해 바다에 몸을 던진 심청이의 결정과 한없이 무기력했던 심학규의 마음, 심청이 맹인 잔치를 열어야 했던 까닭이 조금은 이해되나요?

이제《심청전》에 남은 의문이 있다면, 소설의 바탕에 깔린 가부장적 세계관에서 비롯된 것들입니다. 길동이나 흥부 같은 남성 주인공들이 자신의 능력과 선행 등으로 갈등을 극복하는 데 반해 여성 주인공 심청은 희생이라는 수동적인 해결 방식을 선택한다는 점에도 이런 관점이 잘 드러나지요. 여기에 더해 저는 뺑덕 어미의 품성과 심학규의 말년에 대해 이야기하고 싶어요. 먼저 뺑덕 어미부터 살펴볼게요.

서방질 잘하기로 이름난 뺑덕 어미가 심 봉사의 첩이 되겠다고 찾아
왔다. 이 계집은 나쁜 버릇이 많아 한시도 가만히 있지 않았다. 쌀 내
주고 떡 사 먹기, 베 판 돈 주고 술 사 먹기, 정자 밑에서 낮잠 자기,
이웃집에서 밥 먹기, 동네 사람에게 욕하기, 나무꾼들과 싸우기, 술
취해 한밤중까지 울기, 빈 담뱃대 들고 나가 아무에게나 담배 청하
기, 총각 유인하기, 행실 나쁜 것이 한두 가지가 아니었다. 그러나 심
봉사는 여러 해 외롭게 지내다 부부가 된 처지라, 그 행실들을 모르
고 가산만 점점 줄어들고 있었다.

《심청전》은 뺑덕 어미를 처음부터 악당으로 단정합니다. 장사
때문에 인신매매를 저지르는 남경 상인들조차 인간미 있는 사람
들로 그려지는 《심청전》에서 이는 상당히 이례적인 평가입니다.
하지만 위의 서술을 그대로 받아들인다 해도 그녀를 악당으로 볼
수 있는지는 의문입니다. 뺑덕 어미의 행실이 과연 사람을 돈으로
사서 제물로 바치는 것보다 악독하다고 할 수 있을까요?

뺑덕 어미는 자원해서 심학규의 첩이 된 인물입니다. 과부의 몸
으로 이리저리 떠돌며 사는 처지였지요. 첩이 된 것도 그런 상황
에서 살아가기 위한 하나의 방편이었으리라고 짐작할 수 있습니
다. 형편이 나빠지자 심학규를 떠나버렸지만, 심학규 역시 그녀를
아내로서 존중하고 사랑한 건 아니었습니다. 그런데도 《심청전》
은 뺑덕 어미가 끝내 능지처참이라는 끔찍한 최후를 맞이하는 것

으로 그려 냅니다. 뺑덕 어미와 같은 처지의 여성들이 택할 수밖에 없었던 삶의 방식을 남성의 도덕적 잣대로 재단해버린 결과가 아닐까요.

완판본의 결말에 대해서도 말해 볼게요.《심청전》은 심청과 눈을 뜬 심학규가 부귀영화를 누리는 것으로 끝나지 않습니다. 예순이 다 된 심학규가 이십 대의 젊은, 아니 어린 여성 안 씨를 아내로 맞이하고 마침내 아들을 얻고 나서야 마무리됩니다. 딸인 심청의 지극한 효심 덕에 누리는 심학규의 행복은 결국 아들로 귀결됩니다. 인생은 아들을 통해 대를 잇고 가문을 일으키는 것으로 완성된다는 가부장적 서사의 완결입니다. 이 서사 속에서 딸은 결코 충분한 존재가 될 수 없어요. 그 모든 복을 가져다준, 하늘을 감동하게 한 효녀라 해도 말이에요.

그럼에도 불구하고《심청전》이 우리에게 의미 있는 이야기가 될 수 있을까요? 저는 그렇다고 생각합니다. 고전이 시대를 초월할 수 있는 건 독자들에 의해 끝없이 새로운 의미가 발견되기 때문이니까요.《심청전》에서 어떤 의미를 발견할 수 있을지 탐색해 보세요. 답은 하나가 아니에요. 아마도《심청전》을 읽는 독자의 수만큼이나 많을 겁니다.

참고자료: 이경하, 심청의 효 및 장애 관념 비판(2023);
최기숙,《심청전》의 공감화 맥락(2013)